语 ● 音 ● 画

鸢尾花图文书丛 张燕玲主编

U0095451

刘索拉 VS 艺术家

IRIS ILLUSTRATED
S E R I E S
WORDS·SOUNDS·
P A I N T I N G S

广西美术出版社

《鸢尾花图文书丛》是一眼眼心泉，专注的读者将在这里追寻到源源不竭的关于美的润泽和启迪，这绝不止于美术，不止于文学，而是整个美学的乃至人文精神上的润泽和启迪。

　　《鸢尾花》是凡·高的作品，虽然它远不如《向日葵》著名。然而，触摸着凡·高为艺术的生命，凝视着他《向日葵》般疯狂的作品，我更心仪于几乎算是凡·高另类作品的《鸢尾花》。你看，画面中单子叶上生长着的蓝色兰花，有着凡·高作品中少见的素淡优雅，优雅中还生长着忧郁、生长着伤感。我不知道凡·高是在阿尔哪片雨林的透光处发现这丛鸢尾花，并刺痛他的心灵深处的。兴许，这才是凡·高艺术的内核？犹如他那幅令人疼痛的《凡·高在阿尔的卧室》，那张阿尔的永远安放着两只枕头的床，它同样昭示着凡·高永远未能实现的渴望，高更已经远离凡·高、远离阿尔，阿尔记录了凡·高的精神所在，同时也留下他永远无法抚平的忧伤。令人疼痛的阿尔的床，令人伤感的《鸢尾花》。人们总说是阿尔灿烂的阳光成就了凡·高的疯狂，其实人们忽略了凡·高的忧郁，这忧郁要了凡·高的生命，再说悲剧从来都更逼近美的本质。这才是凡·高的阿尔？阿尔的凡·高？

　　从这里出发，我感受到来自美术来自文学来自艺术更来自生命的共同的精神通道，一直想实现这种精神穿越。正好我的朋友、作为美术出版家的苏旅希望我给他写一个美文美画的读本，我被迷住了，便有了一种渴望和感受。然而，我知道我无力完成，我对美术知之有限；但是，我可以去寻找它，然后间接完成它。这种感觉像大鸟飞翔般抓住了我的视线，我意识到这份写作必须是一次自由的飞翔，不受画种画面画理的限制，作者可以任意选取一幅（座）对自己有过影响的绘画、雕塑（含建筑）、摄影作品为题，展开想象的双翅，纵情飞翔，美画美文，以画启文，以文生境。可以纵深论画，也可以以画生发、旁征博论、抒新叙旧，以画面穿透情感，文采所至旨在探寻人类至纯至美之境。几滴水也可以发展成大瀑布。于是，我在著名作家中寻找到多才多艺多情多思的刘索拉、铁凝、赵丽宏。

　　铁凝是一个何等聪明的冰雪女性，她的《遥远的完美》本身就是一个完美的美文美画的读本，她对艺术的形象意象态象的顿悟，她对画家画史画理的透彻，她文字的灵动睿智，文风的从容沉毅，除却她的天资，什么是家学，这便是了。而作为作家、音乐家的刘索拉则给我们奉献了丰美的现在进行时的《语·音·画》，索拉以极大的热情呕心沥血地采写着她的艺术家朋友，这是一个从画面到文字都令人舒展飞翔的美的读本，文字里流动着文化精神的自由自在，独立的、个性的、自由的魂灵四处飞扬，这是一种真正的放松，这种放松是中国知识女性罕见的精神状态，难能可贵，读之犹有阮籍"响逸而调远"之感，令人着迷。赵丽宏先生的《灵魂的故乡》则是给了读者一个儒雅的书斋里的读本，优雅精致的文字，敏察慎思的文风，如墨香阵阵袭来。尽管三人风格各异，但它们都是可以养眼养心的好书。我心悦诚服于他们那层出不穷的美的发现和表现，感动于他们通过画面和自己的故事穿透的那份深切的人道主义情感，以及他们文字共同的真挚透彻和骨子里的浪漫主义，他们不同程度地表现出对人文精神追求的自觉，那是知识分子的根。

　　有了这些羽翅，这难道不是一次艺术的飞翔吗？难道不是一次纯美的飞翔吗？在商业时代，这近乎于天籁。

序

　　此书收入的艺术家们都是我的朋友。本来还想再多收进一
些朋友的作品，但是因为种种原因来不及了。希望将来有机会能再出这
样的书，把朋友们一一写进去。因为你们不仅启发过我的创作，还
让我每天回家能看着你们的作品发会儿呆，心里马上清净许多，
感叹人生有这些境界能让我看到，真算是我的幸运。

刘索拉
2002 年 6 月于北京

此书献给所有在书中的艺术家

目录

刘丹

灵石动机变奏曲

——刘丹的微观世界和动机变奏

20世纪中国山水画大师作了很多技术上的探索：泼墨山水，傅抱石的"散峰"，刘国松的纸张发明……我出国的时候，这些大师已经用了所有的可能性。我可以继续画下去，"睡一遍每个人"，但不会是新东西。只有从根本上考虑。中国画自古都是宏观的，没有人碰过微观。从宏观到微观，是当今的科学命题，像分子生物学。世界文化也如科学一般地发展，我把（创作的）注意力转到内结构，就是动机。从宏观到微观，技术上必须是最好的，否则不能作到微观。穿过视觉焦点，重新走回诱惑的开始。

——刘丹

初次见到刘丹时，他穿一身考究的外国裁缝特制的毛料中山装，拄着银手杖，上衣兜别着一支银笔，头发梳得绷光，长发拖在脑后齐齐扎住，两眼有神。他喜欢用英文说笑话，每次说到逗哏处，他自己先笑，然后边说边笑，直到笑得说不下去了，我们还在等结尾。那时刘丹住在曼哈顿上城漂亮的麦迪逊大道，一座幽雅的老式楼房第五层。楼下是高档意大利饭馆，上楼没电梯。每次去看刘丹都得爬楼，边爬楼边想这是欧洲人的风尚——住在商店或饭馆的楼上，气喘吁吁地爬老楼梯，边爬边说对身体有好处，看不起现代公寓楼。总算进了刘丹的房间，基调一律黑白两色。黑色大画桌，黑色长椅，黑色书架。白墙，白床罩，白水杯，白纸。他的画也大多是黑白两色的水墨画。这是他的画室兼居室，可是房间里看不到一丝画家惯常的脏乱，没颜料，没废纸，没有脏画具，只是在洁白的墙上常会钉着一大张宣纸，上面有铅笔打的比例线。我问刘丹是不是他很重视工作后的整理？刘丹说，整理是他工作的开始，而不是结束。有人发现他的书架上落满尘土，他说那是他故意不扫，因为尘土使书画附上颜色，那叫自然"作旧"。多事者想帮他抹灰，他

刘丹收藏的一部小字典

说，你用手一抹，尘土上就有了手印，破坏了尘土的整体感。"土与旧书好像是和声，如果打扫了一部分，另一部分怎么办？土飞起来，落下去，安家；又飞起来，落下去，使它们与书的关系协调。"

桌上放着刘丹的各种收藏：玉器、玻璃器、古玩、古字画、古代精品或者是现代大师的作品。他喜欢把玩。到了美国20年，尽管他的画被各国博物馆及名流收藏，但他从来没有过买房置地或结婚生子的打算。有一次在拍卖行花了六万美金买下了一幅宋徽宗的真迹，还大方地让我摸了那张画一下，回家后我就头疼了一晚上，可见真画有真能量，不能乱摸。

那时刘丹的墙上挂着一幅巨大的工笔画，是一本老字典，字典像是刚被打开，每一张老黄纸都在墙上掀动。问是什么字典，刘丹从桌上拿起一个小丝绸包裹，打开，里面有一个像手掌般大的字典，"就是这本字典。"他把字典托在手心上给我看。这是一本精致的康熙袖珍字典，刘丹将它画成一面墙大，把书的细部全活活勾画出来，推到人眼前，似乎是在展示它又黄又脆的纸、破旧的丝绸包装及精美书法。但别被他唬了，这绝不是一幅写实主义的作品，刘丹是一个放大现实的专家。他不喜欢现实本身，也绝对不想做一个写实主义画家。写实的人喜欢现实，而刘丹压根不活在现实里，只喜欢夸张，喜欢以绝对的精确构成似真非真的假像。他好像一个魔术师，必须用真实的东西来骗你的眼睛。刘丹赋予他手下的物体加倍的能量，像所有天才的创作家，给一个没有意义的现实世界制造非常真实的幻觉。面对这部扑面而来的字典，就像面对一部赋格合唱。方方正正，优雅严谨，所有细节都是在严格的谐调搭配法则上存在着。那些翻动的纸张就像是不同和声层次上的旋律，里面的字在严肃地咏唱：漠漆滑……但是它早已超越了黄纸和"漠漆滑"的现实，它在向人显示一个动机的无限能量。这张画被香港银行买下来，现在就挂在曼哈顿42街的香港银行楼上。

顺便说一句，在此书中我引用的这本袖珍字典照片，是刘丹收藏的另一部英国古代袖珍圣诗集，和那本康熙字典一样，也是手掌般大。仅示其于此，刘丹正搬家，东西不好找。

我喜欢将刘丹画中的动机（motif）与音乐的动机相比。中国的美术界肯定对motif一词有不同的译法，所以当我说"动机"时，刘丹曾愣了一下，后来我说motif时，他马上就明白了。看来中国音乐教科书的词汇译法不是统一译法。"动机"一词在音乐中是指一部作品的最初元素，常常只有几个音，尤其是在巴赫的赋格作品里，动机像几滴水，由此发展成大瀑布。

当时我刚创作完《中国拼贴》，看到刘丹的巨幅山水画卷，立即从心里又生出更多的音乐动机来。《中国拼贴》正是我尝试着"重新回到诱惑的开始"所作的作品，刘丹的巨幅山水又击中了我的耳朵。这幅占据了圣·帝亚哥博物馆半个展厅的水墨长卷，从始至终像是从一个动机中倾泄而出，一股水哗哗地涌出几里地，没见止境，打破了古典艺术的起承转合。我从音乐的角度来听译刘丹的画：音乐历史由古至今，只有原始和简约主义的声音是停留和强调一个动机的。而这一个动机在刘丹的笔下早就超越了原始或简约的原则，它放大和缩小着，增加和减少着细节，在刘丹的微观世界里变奏。颤音，长

刘丹作品《康熙小字典》

音，顿音，切分音，环绕音，上滑音，下滑音，重复音，噪音，琶音，外音，增音，减音，过滤音，加厚音，挤压音，高频音，低频音，嘶裂音，回响音……就是一个音，一个分子，它开平方，立方，平方根，二维，三维，四维，十二维地分裂开去。这个无限大的长卷，乐思汹涌，细致之处显出艺术家的精确，给人一种刻意的错觉，但它的内在有一种巨大的潜意识的抗争，似乎要和一个已经被安排好的命运抗争，要扩大，要让别人看到它不可制止的能量。

一般人对中国山水画的理解是描写大自然，但刘丹不是一个要大自然的人。肉眼看到的大自然对他来说太简单了，他要描写气，他要钻进微观世界，以分子发泄能量。他看到那些气流，那些造成画面的微小分子，就像音乐只会钻到音乐家的耳朵里，别人听不见。这些微小的分子挤压在一起，布满世界各个角落，布满人的内心和身体，骚动不安，随时等待着被吸收，被描述，被化作能量喷出。如果细细观看，可以感到刘丹在他笔下的每一个小分子中都藏了一个见解和一种声音，让它们同时喧嚣，观者无法忽视它们的个体存在。这股分子组成的气流又好像一种没有边际的图解，解释着肉眼看不到的一个精确的宇宙，虽然貌似骚动，但不能容忍任何凌乱的痕迹。

我最喜欢的刘丹作品，包括他的一组石头画像。他把一块小小的文人灵石，转动着画了十二个角度。这是刘丹为一位收藏家所作，这十二个角度的文人石像像是一个女人的十二面像。我常常端着这十二张石像的照片细看，看来看去，发现这又是刘丹的一部以一个乐句作无限发展的作品。粗心的人会以为刘丹是死盯着石头在临摹，那才被他糊弄了。刘丹不临摹，石头在面

右上：刘丹作品《长卷山水》在展览厅中
下：我在唱片封面上采用的刘丹作品：《长卷山水》（局部）

SOLA & WU MAN
CHINA COLLAGE
（中国拼贴）

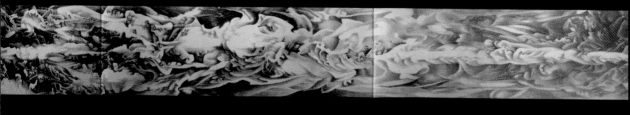

前，所有的细节都不放过，他还有比例尺和精确的眼睛，笔下的石头比真的还逼真。所有真的元素都是他从微观世界中夸张放大出来的。石头有，纹路也有，曲线也有，但如果不会无中生有，就什么都没有。刘丹是无中生有的天才。

我一直想为这十二面石头作曲，趁此机会，写出十二首小调变奏词以和刘丹的十二面石头像（潘金莲唱）：

刘丹作品《十二面石像》之"论石"

刘丹作品《十二面石像》之"石留"

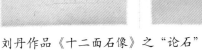

一．灵石清秀。伶，凌，聆，灵石。陵里灵，靓灵，气里灵石倾，灵石气里灵清气秀。

二．灵石清灵丽秀。石，拾，矢，实，噬，炻，蚀，石气灵清。青清，戏细，贞真，秀。

三．灵石依清傍秀。清秀，卿羞，情秀。傍，蚌，帮，斜依，秀袖容清斜傍真石是灵。

刘丹作品《十二面石像》之"刘郎"

刘丹作品《十二面石像》之"石高"

刘丹作品《十二面石像》之"维泰"

　　四．阿揖灵石真清秀。古道真清。磐石蜿蜒卿情路秀不在此间顾盼流连是有石从清秀生来。

　　五．唏嘘灵石。清灵，秀气，点靛颠惦灵气，清青轻晴情卿。石刹唏嘘岐嚓灵秀吁吁清气。

　　六．又见石。拱手灵仪，清肩秀股，尊遵樽。雍容体秀不是石不动是石动之处有情卿轻清。

刘丹作品《十二面石像》之"他山"

刘丹作品《十二面石像》之"贞德"

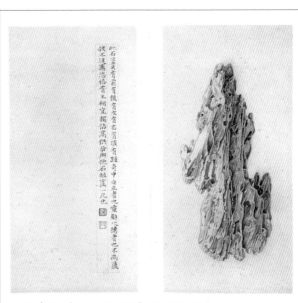

刘丹作品《十二面石像》之"此石"

　七.好秀石有灵。拜了又拜,遍体经纶修秀。清,鸿,汩,漠,渤,涡,瀑,潞,有石接。

　八.石背有知灵清秀。深底见谷屿迂岖渠幽游恍惶圳真呜呼哑哑渺渺遥遥好石有灵在清秀山。

　九.寸石有巨灵伸展高大不屑于俗家之秀我自有大气浑然不见暗处只见大光,卿再待进深谷。

刘丹作品《十二面石像》之"谁向"

刘丹作品《十二面石像》之"夜闻"

刘丹作品《十二面石像》之"漫道"

十．影影掩掩才显秀石清灵。蜿漪流溪细浴崎岖尽淌千处风流。翻来转去摸摩擦挈一片暗处。

十一．无形，有边。有声，无欲。守住一片空灵石气。随气之清，随气之秀，随气而转变去来。

十二．婷婷袅袅有灵石清秀。阴阳恒定，粗细蜿蜒。哼鸣吟唱唏嘘婉转娇声多姿多感有灵是石。

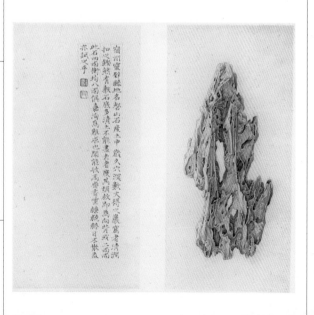

刘丹作品《十二面石像》之"宿州"

在长岛萨格·湾得的庄园　　[阿格瑞丝特与甘得松那斯]　1989年

戴安娜 · 阿格瑞丝特

戴安娜对我说："'建筑是冻结的音乐。'以前在音乐学院上学时，常常得意地用作曲自比建筑，以标榜我们对复杂结构的控制与操作能力。但当音乐真的一冻结成建筑，真的面对建筑师了，我就不识谱了。

戴安娜从阿根廷来，曾在法国学习建筑并曾与罗兰·巴特学习文学，现在美国是著名建筑师。她和丈夫马瑞欧·甘得松那斯（Mario Gandelsonas）拥有一个建筑公司（阿格瑞丝特与甘得松那斯 Agrest & Gandelsonas）。她本人在纽约的库伯建筑学院兼职，马瑞欧则是美国普林斯顿大学建筑学院的院长。二人在美国建筑界齐名，有些年轻的建筑家胆颤地称戴安娜为建筑界的龙头大姐。最近她和马瑞欧的一个建筑作品是纽约的"麦柔斯社区中心"（Melrose Community Center. Bronx, New York）。此建筑获多项美国和纽约建筑大奖，并且他们二人被《纽约时报》列为当代四个重要的杰出建筑流派之一的代表人物。

我从小就有个愿望是当建筑师，但"文革"时对建筑学没有什么系统的资料，只知道北京有个城市规划局，很想去那里画图，因为那些用线勾出来的形状象征着实用又抽象的想像力，一个人可以在结构中漫游，科学和美学，抽象和具象融为一体。当然这个愿望和我很多别的幻想一样很快就破灭了，没有去城市规划局，最终只能做音乐人。在纽约认识了戴安娜，看了她的设计，读了她的文章，走进了她的交响乐，却只有羡慕的份儿。

戴安娜的音符没有转变成声音而变成物质，很具体地占有了地球上的空间，无声地演奏着结构。早期她曾设计过一个像音阶一样的音乐楼，后来这种音阶式的形状常出现在她的建筑里。比如她的阶梯、栏杆和玻璃形状的用法，都是她脑子里的音阶。

人们爱以建筑比音乐，是西方从古至今的老话，似乎这两种行业的人自古以来就互相有臭味相投的爱慕之心。我想这和老巴赫把音乐的结构提高到凡人不可理喻的状态后有关，否则音乐的最初本质和建筑有天地之差：音乐家在纸上画点，变成声音；建筑家在纸上画线，变成物质。声音不占据任何真实的空间；建筑很实在地盘踞在大地上。在空间中的声音对人可有可无；在大地上的建筑对人是必不可少。音乐最初是祭祀用的，它求助于自然的灵感去呼唤上帝；而建筑象征着文明文化，象征着人对自然的侵犯和征服。即使是在祭坛上奏乐也是文明进化的象征，它是音乐厅的老前辈。

戴安娜除了建筑外还喜欢写作，她在《花园中的机器》一文中写道："城

《麦柔斯社区中心》夜晚

市发展经过了自然（粗糙的乡村）和文化（城市）抗衡的时间。城市最初被看成消极的一方，而自然是所有积极的象征（神）。但当……荒野变成了征服的对象，在抗衡中城市变成了积极的一方。自然现在变成了不可知的危险，变成了消极的信号。这个城市与乡村的抗衡确立了对机械能量的发展，改变了粗糙的生活和简单的想法。"想一想音乐最初怎样被文明改变，就如同荒野被征服后的境遇。人们由光着屁股击鼓舞蹈变成严格地遵守和声学对位法来发展音乐，乃至音乐变成了高等逻辑学中的一项。虽到如今击鼓作舞又复盛行，不过是人们对博物馆中木乃伊复活的追求。

我喜欢戴安娜写作中那些典型的建筑家想像力，把电缆的运用形容成

《麦柔斯社区中心》夜景二　[阿格瑞丝特与甘得松那斯] 2001年

《麦柔斯社区中心》白天 [阿格瑞丝特与甘得松那斯] 2001年

在乡村土地上留下的"刀痕"，把火车比喻为城市的"脚印"，说它踏遍各地，以消除城市与乡村的对立区别。她真是没白当罗兰·巴特的学生，建筑之余更喜欢把玩文字。她对文字的想像和理解力，使她在建筑构思中，弃而不用"风格"及"后现代"等名词，认

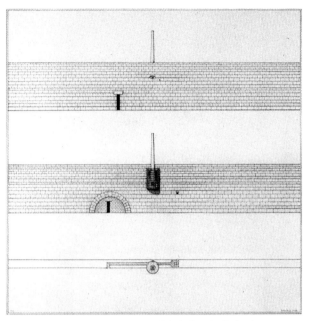

《石头的六百个联盟》——《蠢行》模型系列之一
[阿格瑞丝特与甘得松那斯]1984年

为"风格"及"后现代主义"的提法局限了建筑学的创造性，而是提出"阅读和重写城市"，并主张用"阅读"和"重写"的方式来作建筑。她认为城市如一部书，建筑师应是在"读者的位置"。这位艺术家创作了一部以文学做背景、地图的尺标做前景的艺术作品来表示她的看法。

　　在戴安娜和马瑞欧的早期作品"蠢行"系列里，所有模型的背后都是戴安娜画的油彩背景，也许那是她对自然的留恋——但不是山水情操，而是光。"石头的

六百个联盟"是由"焚书坑儒"而来的灵感，长城中间修了一座带壁炉的阅览室，建筑家的讽刺原意大概是，在此可以看完书后就烧，纸灰和烟雾顺着烟囱冲上天，不知是夕阳还是火光，上帝无法作证。如果这世界上的自然都被文明消除了，如果大地再也无法保留原状，那么光是唯一可以保留原状的自然，就像裸体一样真实，显示着上帝原创的永恒。戴安娜用艺术家和建筑家的眼睛来注视地球，在她的眼睛里，光、生命与机械物体有着同等重要的位置。

戴安娜阅读完城市之后，才开始用建筑"重写"她的城市。而我在阅读她的建筑时，却像卡尔维诺的《隐形城市》中那个迷失在不停扩大的城市中的农民，找不到北了。谁说音乐家和建筑师是一样的？音乐家只能凭着对声音的本能去辨别方向，录音机把民歌吃进去，拉出来后民歌变成了另一座城市。不识谱的音乐家如同农民，识谱的音乐家如同神甫，用符号严谨地传达着神秘的意旨，却常常不知道其中的含义；建筑家把神的旨意切割成各种形状，重新组合，使上帝在上方俯视的时候，看到自己的光辉投射和返送回来，好似圣经用不同的文字重新放大后写在了地球上，上帝阅读着自己的作品，发现了他说过却已忘记了的话。

写到这儿，觉得笔下的戴安娜已经抽象得只剩

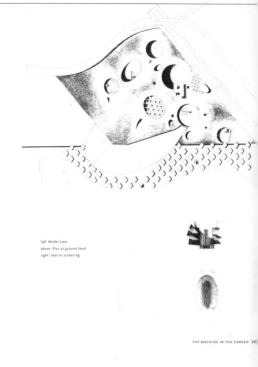

《中国渠》地面设计图
戴安娜·阿格瑞丝特 1989 年

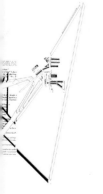

《用文字画地图》
这是一幅以文学为背景、比例尺为前景的艺术作品，它表达了戴安娜"阅读"城市的理念。
戴安娜·阿格瑞丝特 1989 年

光圈儿了。想起一段小故事：我和先生在曼哈顿刚定居时，房子里面有两个前户主修好的卫生间。一个是棕色，一个是白色。我把棕色作男用，白色作女用，曾大受戴安娜赞扬，因为她"不能想像任何人可以使用棕色的卫生间"，当然如果没辙，只有男人该受这个难看的刺激。曾有一时，所有的男客加我先生，都是只有用棕色卫生间的份儿。后来因为白色卫生间的地理位置更便于客用，我忍痛割爱，把白色那间变成公用，自己和先生合用那间棕色的。为此，戴安娜连连摇头说："我对你大失所望，你居然把自己的卫生间给放弃了！宁可和女友合用卫生间，也不能和丈夫合用卫生间。再说那是棕色的！你真是让我失望……"她一边给我吃杏子炖鸡，一边摇头。我到底是搞音乐的，没有视觉原则，实用为上。

照片拼贴作品（局部）

戴安娜·阿格瑞丝特

中央公园西大
道的室内设计
之一景
[阿格瑞丝特
与甘得松那
斯] 1987 年

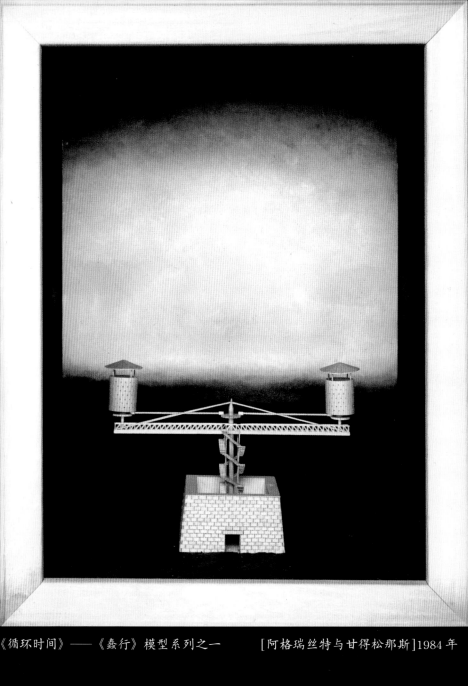

《循环时间》——《蠹行》模型系列之一　　　[阿格瑞丝特与甘得松那斯]1984 年

《循环时间》——《蠢行》模型系列之一   [阿格瑞丝特与甘得松那斯]1984年

蔡小丽

从未被开发的女性灵魂

——蔡小丽的花卉

　　我在英国认识了王佳南、蔡小丽夫妇。王佳南爱贫嘴，把生活当玩笑，蔡小丽话不多，对生活不多想。她出身于艺术世家，一心作画，为人简单。两人一同在中央美院毕了业，结婚生子，据说小丽怀孕后，美院一教授曾哀叹世间少了一位天人佳丽，又据说因为他们两人在美院的家居凌乱，连猫都因为找不到睡觉的地方而出走。

　　小丽比猫随和。刚到伦敦时，常见佳南开着摩托车，小丽坐在后面扛着画，坐车的比开车的更辛苦。一次这二人去参加大英博物馆画赛，照旧是佳南骑摩带着小丽，小丽扛画。画很大，兜风，小丽在后座上拼命把住，才不致连人带画被风掀走。到了地方，博物馆已经关门了，好说歹说才得以进去把画交上参赛。出馆时因为前门关了，就走后门，佳南见馆中后院里放了若干大木板，想起正好做大画板用，就拾了一个再由小丽扛着，这板子比那张画更大，更兜风，不知小丽坐在摩托车后面是怎么扛的。反正板子扛回去了，他们直到现在还用着。

　　后来他们把儿子接到英国去，两人仍是夜里作画，白天睡觉。小丽把儿子先哄睡了，画到天亮才上床。儿子早晨醒了，叫醒妈妈送他去幼儿园。英国母亲们重视打扮，连牛仔裤都熨。可小丽送儿子上幼儿园时头不梳，脸也不洗，半睁着眼把儿子放下就掉头回家接着睡。睡到中午，想起去接儿子，再爬起来去幼儿园。

　　王蔡二人作画方式不同，画风不同。小丽一张画要画好几个月，每年委约不断，常常忙得需要佳南打下手。有时她把荷花叶子画好后，就一声令下："王佳南，去吃出几个虫洞来！"佳南去了，在叶子上面画上虫洞。我在英国时写了一个短篇

蔡小丽早期作品

《人堆人》，其中那对艺术家就是依了他俩的原形。我还曾为佳南写过一篇速写，主要是形容他如何坐在马桶上想画面。佳南一向大大咧咧，从来不拘小节，他也是画如其人，仅在此篇中先略过。小丽一向对佳南没要求，问她什么样的男人最好，答曰嫁给谁都成。

在英国两人买了一栋四层楼。刚买下的时候，楼上楼下到处是居室可住人，他们兴奋得幻想着怎么装修改造房子，在客厅里摆了乒乓球台，可打球兼用餐。五年后我再去看，那儿成了一个住着人的仓库：每间屋子一开门都潮水般往外涌东西，人在每间屋子里都须"刨坑"睡觉；装修的地方从来没有完过工，澡盆四周来不及砌砖，摇晃着泡澡；只有画室是整齐的，但是要爬梯子上到顶层的阁楼去才见天日。房间越堆越小，画越画越大。在这里，小丽创作出一幅幅巨幅花卉竹草，每张都是惊人之作。

那些花卉竹草在小丽的画面上，没有一丝一毫的凌乱，结构总是端庄的，颜色丰富但不叫嚣，技法遵守着传统约束，那些花卉即使开放也不炫耀。所有的细节都力图真实，但工笔的传统和小丽对细节的精心描画及颜色的运用构成了非现实的画面。再仔细观赏，那里面有种含蓄的疯狂和妩媚，比乔治雅·欧姬芙的花卉更加诱人。欧姬芙的花卉早以性感著称，那些被夸张的女性生殖器式的花芯大张着向世人挑衅。和她的花卉比，小丽的花卉好似全是夹着双腿开放，处女般的花芯永远藏在花瓣中。小丽的女性心理一直是毫无挑衅性的平和，她的花卉和她的外型一样，雍容淑雅。只是在她四十岁之后，突然那些花卉随着她的感情起落而在光和浓重的颜色中飞卷起来，即使如此，她们也还是夹着腿飞舞，没有去跟着欧姬芙的花卉闹性解放。小丽把她对情感的追求都刻画在那些非常细腻的花草细节里，拼命去描绘花草身上的纹路，却从来没有想到去揭示和展现花草的隐私处以夸张女人的性感魅力；

《夏兰图》
(局部)
蔡小丽
1999 年

又似乎她把对于情爱的敏感追求全部"移情"到那些落叶的细微变化中，那些纹路、新生与枯死的细节、夸张的颜色、过分耀眼的光线，比印象派有更多的敏感，比工笔画有更多的光彩。这是小丽在通过花草展示着一个沉睡欲醒的灵魂。

小丽刚完成这一批光彩夺目的画作之后，曾经急不可耐地要听我的意见。我拿起她的新画册，被《远古之光》出土文物式的红色花卉给震呆了。不愧为远古而来的魅力！似乎这些花卉在地下沉睡了几千年，时间并没有夺走它们的颜色和魅力，它们一直盛开着在等待被发现。悠久的等待使有些花卉干枯，但那些红色就因此而更加神秘。它们会不会由于见到外界的空气而融化为水？沉睡百年的"睡美人"以她的安静和单纯使所有的男性对她充满种种想像，服饰掩盖下的身体比裸体更有诱惑力，驱使人们要去揭开谜底。而《远古之光》中的花卉比"睡美人"更加含蓄地展现着女性的魅力——时间和等待造就了无可取代的神秘层次，在这里，明亮与暗淡、清晰与混浊、枯萎与鲜艳都是同等的美丽。鬼使神差，这些奇异的花卉出现在小丽的笔下。小丽面对这些花卉，自己都禁不住失声："我的花儿怎么变了？！"她不会用语言描述自己，但花卉们的倾诉超越了任何女性心理小说。

小丽已经画了十几年的花卉竹草，随便翻一下她的画册，就能被她各时期的花卉竹草而勾引。它们就像是一群随风起舞或亭亭玉立的美丽处女，凭着天然的姿色含情脉脉，飘逸迷离。从未被开发的女性灵魂，不会引诱但魅力万千。

去年，王、蔡二人一起从伦敦来纽约在我家里小住，说是此行专程去洛杉矶的海边拣"古树"。他们说去年佳南在那边海滩上看见有从海底捞出来的白色古树，奇形怪状，非常好看，今年就动员小丽一起去画写生，捎带拣回些树干来。两个人就飞到洛杉矶去了。几天后没有准时回纽约来，闹得我担心，以为飞机出了事。有两个早晨，似乎听见他们

《夏之光》
蔡小丽
1999 年

蔡小丽早期作品

说笑，觉得他们回来了，走出房门，没见人，我更加担心他们出事，怕是鬼魂儿叫门。正和纽约的朋友们商量去报案找人，他们却真回来了。一个人扛着一个大包袱，说是从洛杉矶买来的"古树"。小丽说，他们到了洛杉矶就租车去海边找"古树"，找了几天，什么都没有。后来到处打听才知道"古树"已经被运到商店里出售了。他们又开车找到了那

《金色瓶花》 蔡小丽 1999年

家商店，见到古树，但是不能在商店里写生，只能
买回来。可树太大，不能全买，就一人扛回来一个
大树根。

两个人晒得黑紫，小丽还冻出来了气管炎。从
伦敦带的箱子，主要是为了装树根。小丽边收拾箱
子，边哑着嗓子跟我说："索拉，值得去，真便宜，
才十块钱一个树根！"

《夏之印象》
(局部)
蔡小丽
1999 年

《秋光》
（局部）
蔡小丽
1999 年

《秋色秋光》
蔡小丽　1999 年

《秋之交响》之二　蔡小丽　1999年

《远古之光》　蔡小丽　1999年

陈尹莹

听到基督复活的脚步声

——修女陈尹莹博士

　　我不知道怎么用中文称呼陈尹莹大姐。她是美国玛利诺修道院的修女。我们用英文叫她Sister，是姐姐的意思，也是修女的统称。如果用中文叫大姐，太世俗；叫修女，太冷淡；叫修女姐姐太酸，必要叫Sister才显得合适。

　　Sister陈尹莹是哥伦比亚大学戏剧博士，首创了纽约华人的"长江"剧团，编剧、导演作品五十部。1993年与马友友等被纽约市列为美国华裔文化先驱之一，并命名7月9日为"陈尹莹日"。她并且是一位出色的画家。

　　我认识Sister已经五年了，但并不十分知道她。自1998年来，Sister每年用她申请的一笔政府基金赞助我开小型音乐会，以鼓励我创作。即便我已回国来居住，她至今仍为我保存着这笔基金，希望我再回去演出。长期得到她的鼓励，在纽约时，我们却很少见面。仅有的几次，都是难忘：第一次是在我家里，她穿了一身连衣裙，干净漂亮，又优雅非常。一身超俗的气质，没有丝毫故意；第二次是在一个破旧的咖啡厅里开会，但是她什么都没喝；第三次是在她的汽车里开会，开完会钻出汽车，外面还等着其他的人，都是来开会的。她的车是教会给修女们备的，要提前登记才能用上，开到曼哈顿城里，存车太贵，Sister就发明了汽车会议，把车停在路边，她坐在驾驶座上"召见"来访者。记得她时不时要下车去跺脚溜达，否则一天都是坐在车上，四肢不得伸展。

　　去年我回纽约，Sister邀我去了玛利诺修道院，它坐落在纽约北部，依山傍水，附近就是美国最大的重刑犯监狱。Sister

说等她老了，不能去曼哈顿排戏，就去监狱给犯人当老师。玛利诺修道院是一个分布在世界各地的机构，现在这个修道院只剩下两百名修女了，因为当修女是艰苦漫长的专职，一般人不能坚持。Sister 已经在修道院有了特殊的艺术家位置，除了坚持祷告外，大部分时间都用于排戏、作画、写剧本、管理修道院博物馆、为修道院录像……她的画作最近被纽约Soho的一家画廊收藏代理，拍卖出去的钱她全部捐给修道院和她的剧团。她在修道院的工作室很小，里面有条理地放置着她的全部画作和剧团资料。修道院的博物馆里有一个专柜是她去各地云游时带回来的神物及艺术品，标着价摆在橱窗里，她说是为了修道院有些收入，但几乎是原价再卖出去，着实只是一种传播圣灵的方法。修道院里有一个大图书馆，修女们在那儿可以完成学业。院背后的大庭院里有一块空地是为现在这二百个修女预备的坟墓。"等我死了，就会葬在这儿。"Sister很安逸地告诉我她将来的归宿。一生能活得这么清楚，真是修来的福分。

她清楚而透明，谈话放松，洞察一切。有时我不知道用英文还是用中文和她交谈合适，因为我的英文远不如她，又怕她的中文远不如我。后来看了她的一篇文章，发现她的中文其实比我强！她在17岁时已经在香港报纸上发过万言"谋杀"小说，属于"儿童不宜"之类。写谋杀小说一直是我的理想，到现在还没实现呢，她早已封笔不干了。她在一篇文章里幽默地回顾中学时代：看了美国电影《艳尼传The Nun's

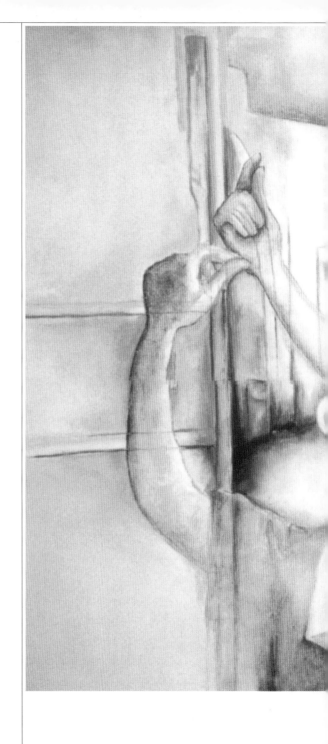

Story》，"觉得假如可以舍己为人，如这修女一般去非洲为贫民请命，又可以穿浪漫的长裙子，当起修女来还可以好像女主角……那么美丽动人，可算不白活此生。于是下决心当修女去。"为了表示对主的忠诚，放弃人生所爱，她封笔了20年。"那年另修一科高级哲学，美国来了一位顶呱呱的教授，天下的事他似乎无一不懂。一次功课要讨论处理不同意见之道。我大发谬论：两个火车上的乘客，要开窗关窗的闹个不休。我建议先把窗关起来，把一个闷死了再把窗打开，冻僵另一位，讨个天下太平。"她那与生俱来的锋利幽默使当今的女作家们显得稀松。

我向她讨画照，她找了半天，只找到这一张明信片，因为此画被美国油画大赛列入前茅，才有了明信片。其余的画作都是收藏在她的小办公室里，很少见天日。每年她有些小画展，卖出几幅用作剧团开支。直到Soho的画廊来签约，大批的画才有了去处。

这张画画的是复活的基督与阿拉伯人共舞。细看，他们像是在地下，但是地狱还是地窖还是地下室还是地下俱乐部，看不清。不像是以色列的墓地倒像是纽约下城的那些厂房地下室或是地铁进口处。基督正微笑着享受音乐，还忙着使脚下能跟上阿拉伯人的步伐而起舞。随着音乐，他双手情不自禁地扬起打着"框子"，那姿势就好似一个年轻学生，这种陶醉于音乐和舞蹈的面孔在纽约下城任何一个舞蹈俱乐部里都能见到。他对面那个蒙面的阿拉伯人一只肩膀抖动着，另一只手扬起来挥舞，那阿拉伯人此刻是什么表情？他的脚步似乎是在向前移动，稳当而有力地以节奏和基督较量。两人的身体都是不完全的，像两个幽灵，时隐时现地在节奏中舞动。

那是一种什么样的音乐？是中东的手鼓还是爱尔兰的小提琴？是莫扎特还是巴赫？只有节奏才能使他们如此陶醉，这时哪怕是Hip-hop顿时响起，他们都会顺势而舞。等待基督复活是基督徒的老愿望；与阿拉伯人共舞，是基督徒的新愿望。这新与老的愿望，在Sister的笔下，融合着纽约的现实气氛和宗教的神秘幻象而实现了。两个舞蹈者既可能是幽灵又可能是在地铁里等车时听着音乐而起舞的学生。如果基督混在地铁里真来到你面前，你能认出是他复活了吗？如果基督在俱乐部里跟着手鼓跳舞，你能认出是他复活了吗？ 在Sister的笔下，神、人、幽灵，不同的信仰、不同的种族，同在一个节奏下舞动。这是音乐的力量。

此作品完成于1998年。

2000年时，中东的穆斯林音乐在世界上掀起了一股热浪。

2001年，纽约世贸大厦被炸，数千人丧生。随后，联合国军队在中东发起反击战争。

直到现在，战火还在中东弥漫。不同政治和宗教信仰的混战，蹂躏着古老的圣地。

但是穆斯林音乐和受"十二木卡姆"（穆斯林古典音乐曲牌）风格影响的基督教音乐却越来越广泛地在美国和欧洲各国蔓延着。

我最近频频收到美国和欧洲制作人的新唱片：有民间现场音乐会、有最时髦的舞蹈音乐、有地下Dub音乐、有自由爵士音乐、有艺术摇滚音乐……但风格皆可称为是十二木卡姆的后代。看来这手鼓的节奏果真要变成基督复活的进行曲了。

也许基督已经复活了，正在地铁里等车呢。

只要心诚，就能预先听到他的脚步声。

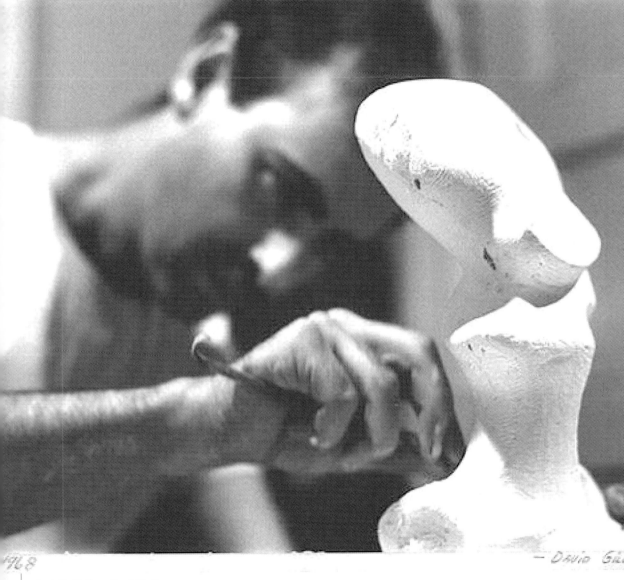

布瑞德富德·格瑞沃司

与石头共存

——布瑞德富德·格瑞沃司

Bradford Graves (1939-1998)

　　"我们在寻找艺术的'真实'。这个真实是在选料者和材料之间的对话，而不是自言自语……"

——布瑞德富德·格瑞沃司

　　布瑞德的夫人沃娜是纽约的一个知名音乐代理人，曾创办了纽约最早的厂房俱乐部之一，为早期的自由爵士音乐和前卫非洲音乐提供了发展空间。因为她的活跃，常常使外人忽视了布瑞德的存在，似乎他就是沃娜的丈夫而已。大家都太习惯于他的好性格，习惯于向他索取曼哈顿的艺术和生活信息，他知道所有艺术和音乐发生的地点和好饭馆，却很少谈他自己。一次沃娜建议我去参观布瑞德的工作室，在曼哈顿西边一个巨大的厂房里，坐着运货的电梯上去，哐唧，铁门打开，走进去，仿佛置身于一个布满白色巨石的外星球。

　　这就是布瑞德默默无言的世界。在这个巨大的厂房里，到处是完成了和未完成的石雕。这些巨石从山里运来，经过布瑞德雕刻，就有了更特殊的身份。"像夜晚空中的星星，用它们的空间在证实自己。"（布瑞德）布瑞德曾对我说，他喜欢雕刻石头的原因是，石头就是时间。每块石头已有千古历史，每雕刻一块又要用去很长时间，在此期间无须和任何人交流，只有和石头对话，感触时间的流逝。

　　纽约是一个人们争相表白自己的地方。一个新的艺术家刚到纽约，会招来很多人上门拜访或盛情邀请。有时并不因为他们想听你诉说，而是想向外人倾诉。刚开始你听他们说，等你待长了，你也变成了倾诉狂，并且学会了那么一套倾诉方式。如果你不会那套倾诉方式，你的存在就受到了威胁。纽约到处充满着声音，交谈、交

谈，没有人交谈就大声自言自语，声音永远在空气中流动。即使沉默，脑海里还是驱不散种种现世的唠叨。但走进布瑞德的工作室，巨石们就把纽约的声音都堵在了门外。这是另外一个星球，这儿只有时间被固定在石头的各种形象里，唯一显示现世的是布瑞德在打磨石头时发出的声音，还有墙上关于布瑞德过去开音乐会的广告——他同时又是一个爵士音乐家，还保存着欧奈德·考门（自由爵士创始人）年轻时的音乐会广告。

　　出于对布瑞德工作室的爱慕，借了拍摄光碟封面的机会，带着摄影师去借用他的厂房，想和石头们合影。这件事至今想起仍是内疚。

那摄影师是个典型的纽约soho诗人兼摄影家，喜欢争夺注意力。他几乎是故意在布瑞德的工作室里乱踩乱踏，以显示他的重要性，终于把布瑞德一个石雕上的竹刻给踩得七零八落，气得我面对镜头怒气冲天，而布瑞德没说一句话，只是再三地捡起竹刻把它们拼在一起。我的报应是，照片洗出来，一块石头都没有。

　　大家都说布瑞德的脾气太好了，我想他的内心世界其实很少有人。在神旨面前，人欲显得格外渺小。那些从深山里运来的石头给布瑞德带来神的旨意，在时间中留下时间。

　　他的石雕使我想到巴托克的音乐：原始的音响被雕凿出新的声音形

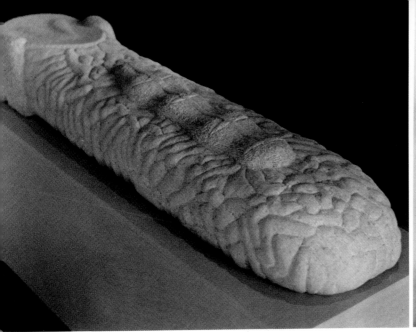

象，听者刚叫奇，又突然被带回到古老的时间中，体验着未被开发的振动。那些处女式的光阴，就留在古老的形状和声音里，固执地存在于天地之间，唯有识者会珍护之。在布瑞德的石雕里，天然物质状态和艺术家的雕刻浑然一体而存，如中国古玉的雕刻美学，人创与天创合为一物。

布瑞德喜欢图腾式的形象，浑厚、幽默而富灵性。他的石头们常常同时像神、像人、像动物、像器皿、像石头。在一个形象中包容下天地造物的最基本原理：我们是天地所造，是生灵也是物质，可以以任何方式存在都不是过错；可以有六只眼、八条腿，可以半人半虫、半人半物、半人半石，属于任何一个时代……

几年前的一天，布瑞德和沃娜去看戏，在喧哗的剧场，他突然倒下，顿然与此世长辞。对于我们来说他离开了人世，可对于石头们来说，他还在这儿。这些坐着躺着的石像，无声地延续着他的生命。"布瑞德富德·格瑞沃司的石

头们……不是简单和迅速地解释自己，而是在知识和灵魂的揣测中踱步……用它们独特的方式照亮了神秘的深层……"
（摘自 1996 年美国《艺术本质》杂志）

不仅那些神秘的形象令人难忘，布瑞德的作风更给人予启示，尤其是在这个喧嚷世界，媒体代替了交流和思索，人欲随着媒体的朱唇而膨胀。有布瑞德这样一个艺术家，一生默默无闻，只与石头交流。

纸和布都会腐烂，石头却是永恒的，它还可以替人保存灵魂。当人和石头结下莫逆之交，灵魂就有了落脚处。雕刻家是把灵魂给了石头还是在占有石头的灵魂？当布瑞德雕刻那些石头时，他既保护了石头的灵魂又把自己的灵魂也无私地给了那些石头。现在布瑞德脱离人海，却并没有离开他的石头们，石头们用古老的能量在给他护灵。布瑞德的石头们分布于世界各地，等将来我们都走了以后，布瑞德还会在这儿与他的石头们交谈。

艾未未

艾未未不爱说话，不爱解释，只爱动手。比如说一群朋友在一起聊天，他不说话，哪位女士需要按摩，他在所不辞。我料他是一个女性崇拜者，但不是那种爱写情书的人。想看他的作品，去了他家里，见到一堆人，挤在大厅里吃喝。房子是他自己盖的，非常大，大到懒得去参观的地步。有一间大屋子里摆了一地的木盒子，盒子里面全是他的作品，但是我没去打开，就淹没在那群人里了。又隔了一段时间，未未给了我一个光盘，到此我们还从来没有谈过他的作品，他也没有给我任何文字资料。我打开电脑，等了半天，照片的图像才显示出来。

一张有八条腿的桌子好像是从电脑里爬出来似的，刚开始以为它是要直楞楞地盯着我，看清楚后才发现它是在用屁股朝着我的脸。多年前，我曾经想把小说《蜘蛛的故事》改成一个歌剧，一直琢磨着蜘蛛在舞台上的形象，不知如何是好，到今天还没个主意。一看见这张桌子才恍然大悟，这张桌子不就是那个蜘蛛吗？它用一种古典式的优雅趴在展厅里，遵艾未未旨，作出明朝范，不得张牙舞爪。我开始冲着它的屁股冥想歌剧主题，但它以一种文明的方法爬走了，它的形象在我的电脑上一块一块地分解掉，消失了。

艾未未的仿古家具

另一张照片，是两把凳子在性交。那是两把明清——谁在乎是明还是清的——农民坐的木凳，未未仿古可以乱真，凳子上面做出了时间的斑痕，似乎是从旧货市场里买来的。唯一与旧货市场凳子的区别是它们的姿势。这是两把一见钟情的凳子，自从第一天遇上，就开始做爱，再没出过房间，也没打算停下来。时间太长，动作过量，上面的那把僵住了，变成了靠背。

未未似乎沉浸在性爱的结构里，不曾出屋：那张三条腿的椅子，任何人坐在里面，自然会打开双腿，放弃一切戒备；还有一张两腿在地上，两腿在墙上的桌子，说用途，不知能摆什么，但它活生生地站在那里，好像一个人靠着墙，两只胳膊伸开，两腿叉开，正准备接受一种做爱方式。

最后艾未未终于出屋了，可他的这些爱神享受完爱情后就都僵在那里，永久地留在了那个充满欲望的瞬间，再找不回它们的朝代。这使我想起《隐形城市》中的那个有魅力的死亡城，为了死人能继续活人的生活方式，活人造了死亡城，模仿活人世界。但是死人最终使它们的世界比活人世界更富想

艾未未的仿古陶坛

魂状态里，我们得时时恢复原状，起身，走出屋子，假装从来没变过形。但这些家具会迫使它们的主人持续一种心态。

未未的爱妻陆青走出屋去，禁不住要去向玛丽莲·梦露挑战：她把裙子在天安门前撩起来。(梦露的裙子当时偶然被地铁的风吹起来，她匆忙去捂，没捂住，露出大腿，被拍照，成了世纪的经典性感形象。)陆青穿着运动衫，黑裙子，凉鞋，一副游客的样子。没有风，她大撩开裙子，露出白裤衩和性感的大腿，身后是天安门，面前是个残疾人，她以这个姿态自嘲，像家具一样一条腿直立，给我们显示出那个在阳光下没有性感的活人世界。

像，诱惑活人世界反倒要向死人世界学习。

艾未未的"家具"以它们自己的姿态来享受光阴，它们的生命是未未给的，它们的经验也是模仿未未的，但是它们的出现比未未更固执，更有侵略性，更性感。恐怕占有这些家具的人反过来会被它们的姿态和风格所启发，把已有的生活方式跟着这些家具的姿态改变起来。人不能持久地呆在未未家具们的那种销

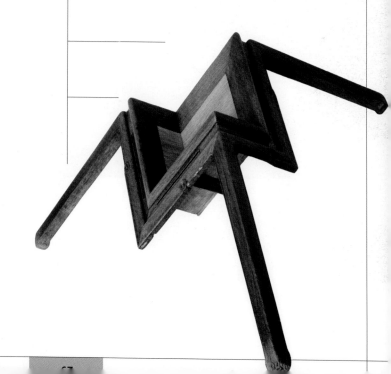

钱大经

看破建筑
——钱大经的铅笔画

"当我观看一个对象时，我轻视对象含义的说明性，只注重形象本身的实体结构。它们在某些特定的时空被某些特定的生命所创造和建构，它们超越了时间和生命而留存……由于敬畏，我用极慎严的手法描摹它们……越是精确地描绘对象的结构与肌理细节，却越会反射出一种非物质性的隔离感，一种物体失去平衡的荒谬感……"

——**钱大经**

大经像很多艺术家一样，满腔的真诚。他给了我一篇他解释自己绘画风格的文章，很长，看了半天，像是一篇宣言。我尽力挑出一些他的句子，以助于解释他的画，但是不容易。他写的文章也像他的画，写着写着，思维就破损了。一堵白墙，突然裂开，再合上的时候，就离开了地面。在他的画中，墙离了地也不会塌，还是一堵好墙，但是在他的文章里，墙离了地，就变成了冒烟的烟筒。所以我宁可只看他的画。他喜欢在解释作品的时候，用很多理论书或评论里面的词汇，那些词汇局限了他作品的内涵，像很多冒着烟的烟筒，呛着我的眼，模糊掉他那些梦幻一般的建筑。但是他在画那些建筑的时候，肯定什么也没多想，只是像他所说的："凝视。"

他像一个梦游者，"凝视"着，走进他的建筑里去。在这些白日梦里，所有建筑和物体都断裂，有破损，但它们还是完好地立在眼前，似乎可以再"活"上几千年。

我小的时候，常和朋友们比梦，看谁的梦做得好看。大多数人的梦是黑白的，所以谁要是做过彩色梦就有了吹牛的本钱，公认有艺术气质。可能和那时彩色电视不流行有关系。现在生活中到处是固定的彩色形象，如果再比赛做梦，肯定是以黑白为上乘了。

大经的"梦游"，是黑白的，并且是最上乘的。他拿着各种绘图铅笔（而不是素描铅笔）去描他的"梦"境，而那些刻意追求的细节必须是 H 型的铅笔才能勾出来，否则它们会在 B 型铅笔下模糊掉。这些"梦"并不是我们常谈论的那些古怪的陈词滥调的形象，而是实实在在的建筑，一些不动的，似乎没有生命的东西。建筑物常常在我这个俗人的梦里象征着阻挠我飞行的障碍，或者是飞行中的歇脚处（如很多人的梦一样，我老在梦里飞），它们不过是我这个俗人各种恐惧或欲望的陪衬物。而大经笔下的建筑物本身都是跨越时间和空间的主角，"发射出类似神性的感慑力"，是它们本身使大经"恐惧"。它们活生生地走进大经的生活中，利用着画家的生命向我们发出信号，于是我们听见影子在说话，断裂在呻吟，光在窒息……在它们的磁场中，大经尽可忘了身处何时何地。

断桥

大经是南京艺术学院毕业的。到了美国后，为了使全家人的生活稳定，他一直在布料设计公司里搞设计，画画成了业余的事情。也许正因如此，他可以在自己的画中漫游，而不受任何画商的控制。一个飘泊异乡的人做梦的最大特点是怀旧，大经的画似乎全是他出生地的景象，只不过因为他对这些景象"凝视"太多太久，它们被"凝视"破了。

打坐的时候，有一种现象就是用脑袋里的眼睛看，那双眼睛里看到的东西大多是黑白的。比如打坐深入以后，你有时会看到一座古宅，一扇大门，你慢慢走近它，慢慢走进那扇大门，最后进到了宅子里。如果这时你大睁双"眼"，会看到一些残缺不全的形象，似有似无，但刚走近想看仔细，它们就消失了。

中国古琴音乐中常有一些非常细小的摩擦琴板声，几乎听不见，却持续成音，非常重要。它们使句子断裂，也使句子衔接，又似与句子切磋气息。似乎古琴家必须懂得打坐时的"胎息"，才能使那些摩擦声别有意境。"胎息"的那种"绵绵若存"似生非死状态，犹如古琴音乐中的摩擦切磋和大经画面上的形象断裂。凝神静气，思维跨上断桥，走上江岸，穿过牌楼，走进房门，定睛细看，墙跑了，去逮，似乎又是门，走过去，它又跑了。但是大经在"梦游"中逮着了它们，还把它们细细地描绘下来，固定在纸上，使我睁着眼也能看到这些幻象的细节了。原来以为是因为看不清，所以它们残缺不全，原来它们真的是残缺不全呀！

台阶

终结

牌楼

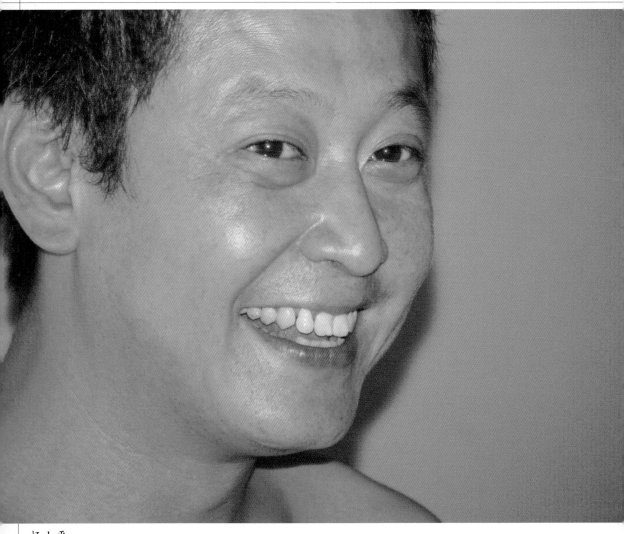

杨小平

废墟中找乐，
不修饰的修饰

——杨小平的乐子

　　小平曾是中国音乐学院民乐系的学生，因为把男女生宿舍之间的墙挖开，以便两性自由往来，被学校开除。然后就成了"问题青少年"，混在社会上，跟工厂老师傅学电工，跟故宫老师傅学模仿古画，又自学装修，然后变成工艺师，再变成设计师，再变成建筑师。曾在周游欧洲期间，学得西域风情。他先是给自己在北京后海按古建筑的风格盖起一座独门独院，后来又跑到京郊农村里一条土跄跄的路边，盖起了一座乡村大宅门。又过了一年，在北京的一所大厂房里租下一栋楼，把一座破破烂烂的旧厂房给改装成一栋现代艺术沙龙。

　　小平的设计风格无门无派，只是舒服雅观大方时尚兼有品位。能做到这几条其实不容易。当下在国内最时髦的是简约主义，可简约主义并不舒服。在简约主义的房子里，经常不能随心所欲，总不知如何是好。在黑白相间的稀少陈列物中，人类的七情六欲被压缩变形。

　　艺术可以变形，欲望一旦变形真正是不舒服了。

　　以我去朋友家串门的体会，有些朋友家只是悦目却不敢松弛；有些朋友家松弛之后却不悦目；更有些人家牵强附会只是炫耀。

　　到了小平农村的家乐得个赏心悦目，四仰八叉。小平喜欢充当工人角色，自称是"散仙儿"，而不当艺术家。他的人生观是活得随意，绝不刻意追求，只要能伸展，地方大，当拣破烂儿的都行。他说："有时候，能在废墟里找到很漂亮的东西，也

是很快乐的事情，我没有什么钱，但是喜欢好看的东西，所以得去找，其实穷人买东西自有自己的乐处。"（此话摘自某杂志对小平的采访，我怀疑这原话被编辑过了，不像小平的口气。）不过他爱拣破烂儿是真的，还喜欢去拆迁的地方买古董，回来擦洗。破烂儿，古董，加上他的新设计，"五步宽，六步深算是一间房"的农民盖房法则，中国硬木茶几配上西洋大软沙发，壁炉烧得热烘烘，在其中舒服成一团，有吃饱喝足脱鞋上炕之感。

通俗了说，小平的建筑风格集欧洲与中国传统于一身。不通俗了说，我说不出来。我不懂建筑，只觉得他的建筑没有什么特意的建筑追求，只是追求天下所有可以信手拈来的舒服。从农民家买来的喂猪食的石槽子在院子里变成装饰，果树、葫芦架、开放式厨房、法式粗木餐桌、欧式粗木房梁、修在房间里的四合院月亮门、老式清代雕木门窗，所有舒服都建立于对舒服的精确感，而不是在重复建筑和装饰风格。

小平在他新重建的厂房里画了一组油画，泼油彩而成。虽然是泼出来的，油彩的颜色搭配、色调处理、颜色之间的运动、画面的结构都有自己的规律，很像他的建筑和装饰，不结构的结构，顺手拈来，却顺理成章。他还喜欢做"玩具"，一不小心就可以管它们叫"雕塑"。"玩儿"，是小平的创作基点。

小平的创作风格使我想起如今面临着各种境况

杨小平厂房 / 客厅一角、大屏风

的音乐家。当条件有限，音乐家必须有能力把管弦乐队、民乐队、业余合唱队、民歌手、歌剧演员、卖破烂的、敲铁皮的、学生、农民、钢管、马桶、疯子、傻子全都集中到一个作品里去，还得处理妥当。这需要对音响的把握，对风格的理解，对人的信心。

有一次看见他干活，拿着电焊机，不带任何防护面具，头一扭，看也不看，手一伸，就焊上了一条桌子腿儿。他的助手们在旁边被火光照得鼻涕加眼泪的，又不敢说。他就这么扭着头，手往桌子下面伸了四回，一张漂亮的钢桌子就焊出来了。

我变成了他的邻居，也租

杨小平农舍/房梁门窗一角（采用《缤纷》照片）

了厂房，请他设计并装修。

　　他走进破旧荒废的厂房，命令工人先敲掉旧天花板。高大的屋顶马上暴露出来，没几天，二层楼有了，楼梯是用钢和玻璃做的，从屋顶上挂下来。

　　他设计了天窗，可厂房的墙皮太厚，工人凿了一天，才凿破一层墙皮。第一拨工人弃工而逃。他从不知道哪儿找来些不惜力的，凿了一个月，终于在防空墙上凿出一圈大窗户来。

　　他带着我在工厂的废墟上转，看见石碾子，说可以拉回家当茶几。

　　工厂实验室不要的磁盆，搬进来养花。

卫生间以简洁的"奢华"表现出家居的柔性一面

杨小平厂房 / 卫生间

杨小平厂房 / 厨房

工厂里到处是铁，可以打家具。
他建议地上不铺地毯，铺麻袋片儿。

澡盆是拿砖头砌的，
墙面是用墨汁刷，
椅子是炒菜锅做的，
灯罩是水桶做的……

这是杨小平 Dub 音乐式的设计风格，拿那些已经制作成型的音响再制作、再加重，让人性更工业化。但是小平并不喜欢听 Dub 音乐，倒更喜欢听乡村摇滚。我们私下里叫小平"地下王子"。由于他的生活经历，他几乎认识北京所有的艺术家和工人们。上至故宫仿古大师下至盗墓者，都把小平当兄弟。他在人多的场合不爱说话，但是如果谁说话惹了他，他就会站起来，把啤酒倒在那人的脸上。因此他那位会说几国语言的浪漫情人特别重视警察朋友，因为小平有时会因为打架在局子里蹲一夜。

杨小平的铸铁雕塑
杨小平的铸铁雕塑
杨小平近期画作
杨小平近期画作

杨小平农舍／盖在屋子里的月亮门（采用《缤纷》照片）

沙发背后的茶几也是主人的作品

严力

为了美，不回头

——严力的诗画

　　我不敢说懂诗，只敢说我喜欢严力的诗。如今大多数的中国现代诗看完了不生情，也不生趣，似乎诗人们只是把古诗译成白话再生拼硬凑而已。那种诗我也会写："残阳映照着我赤裸的乳腺，鳄鱼的血从山峰的眼眶中难产……穿越空间暴力按动莲花座的电钮，在禅海中印出心电图的流亡……"你瞧，一分钟可以造出很多这样的句子，是不是把没有关系的词都放在一块儿，让古代和现代时空杂交，就创出语句惊人的现代诗？

　　北京人在国内常常以大城市人自居，一旦走出国门，在西方城市人眼里就是乡下佬，这大多是与我们的"现代文学"有关吧？80年代后，我们有了"现代文学"这个词，但是那些"现代文学"中的事和情感都是古代的，比30年代还陈旧。即使有人用了大批的意识流、表现主义之类的手法，或者干脆照搬卡夫卡，可我们的主人公们永远是身在海边，眼看夕阳，脚踩牛屎，手捧《道德经》，想生命的始终，宇宙的轮回，生与死的交错……一说心就泣血，一谈海就讲命，一上山上就呼喊，要自杀要性交要快乐就要裸体，要喝醉就找白桦树找月光，接吻不是在雨里就是在血中，脑子里永远思考人类命运，没事干的时候只有禅悟……似乎北京的胡同和诗毫无关系，可能诗人们都是住在楼里。从黑色的土地到俄罗斯小白桦，啤酒加香肠香烟香水香唇都能上诗，就是没有北京的涮羊肉。曾读过一些女诗人歌颂性交和钢丝床、心灵和蛆虫的诗句，但没人描写七八十年代城市里的公共厕所。大家都躲避直视真生活，眼睛看着脚下的蛆虫，非认定蛆虫不是现实而是由于自己内心受苦而来的幻觉。知根底的人难免会产生这样的图景：诗人喜欢"蹲"在茅坑上翻着白眼儿想上天。对于那种"浪漫"酸情，严力在1987年时写道：

"昨天你也不是农夫
麦田被安排在别人的脚下可能是故意的……
别以为脚下是一条大街城市就是你的麦田
在你的温饱的生活里
一个历史的电器工人正在换掉你这个瞎了的灯泡"

——选自严力
《请意味你的存在》

严力喜欢用自嘲的方式讥讽城市人造作的孤独情节，他的自嘲和嘲讽常常带着童心，使绷着脸的"孤独"成了玩笑：

"我梦见米饭在往历史的反方向走
走成米粒
走成稻子
走成种子
又走成米饭
啊
空前的孤独哇
尤其是在
吃饱了之后端着像空碗一样的土地
我的手在发抖"

《伞的希望》

——选自严力《孤独》

自嘲和幽默是大城市文化的特征，可惜很多诗人心灵光顾着非凡的颤抖，忘了那种超脱。男性的诗人最喜欢扮演的角色是爱神，严力很早时曾用诗发誓："再不当男人。"他喜欢作画、舞蹈、弹吉他唱歌、追逐爱情和被爱情追逐，但他从来不自以为是，心里明白：

"脚踏两只船的时候
　最紧张的是睾丸"

他用情人式的语调唱:
"她往我心灵深处更深的地方离去
更深的地方我还没有去过"

昏天黑地的爱恋中, 他也没忘了嘲弄:
"我们之间
虽然有蛋黄和蛋清的感觉
但问题是

蛋壳在哪里 "

《修补更是一种审美方式》

当所有的希望都能兑现时
我唯一的乐趣就是崇拜失望
勇气被嚼碎在嘴里也是一种饮食习惯"
——选自严力《多面镜旋转体》

严力曾长期住在海外, 以拍照写文章为生, 兼卖画。每次见到他, 都是一副平静安然的样子, 没有变得苦涩。原来他在诗里把什么都想明白了:
"抄袭吧
蔬菜怎能把自己抄袭成肉
人生有许多种情况需要慢走
比如路比你走得更慢时
鸟儿看懂了因自杀或被杀
而吊死在树上的人之后
反而多孵了几窝蛋
在文学艺术的产院里
更多的孕妇在分娩枕头

严力的诗句和他平时说话的口气差不多, 他后期的诗越来越口语化, 但更有层次。他不以沉重深刻来打动人, 那些像小玩笑似的句子却常是一语道破人生。我发现很多诗人爱边走路边自言自语, 而每个诗人在自言自语时都有不同的表情。严力在有意无意之间冒出诗句的时候, 他脸上的表情常是微笑。我们刚认识的时候，大家都年轻，只喜欢在一起跳舞，不谈正经事。有时听到他边走边冒出一句诗来，马上追问："你说什么？"这是最让诗人难堪的时刻，因为他不能当面骂同行的俗人不懂诗，只能暗自悔恨与俗人同行。那时候严力还是喜欢用诗和人交流的热血青年，出国后才渐渐开始对人说人话。很多年后再见到他，微笑依旧，但是谈吐好懂多了。而这

《苹果的情节》

时候他的诗对我来说才更有了魅力。有次我去瑞典演出，听当地的瑞典文学界对我说，在斯德哥尔摩的一次国际诗歌朗诵大会上，严力的诗赢得了最热烈的掌声。很多瑞典人说，他是中国唯一的城市诗人。我们中国历来特产政治诗人、浪漫诗人、禅宗诗人、爱国诗人、流亡诗人、爱情诗人、现代诗人……能称得上"城市诗人"的要掰着手指头数。严力以文谋生，有妻室女儿，从不曾小题大做地为孩子们献诗，也不曾标榜自己是模范丈夫加爸爸，他没有一点儿做作的酸

情，也绝不用雕虫小技取宠。他喜欢轻松，但是并不浮躁，在他精心布局的语言中，轻描淡写地就能点出大小事的本质。他喜欢活得如蜻蜓点水，漂亮但不沉重，对人对事保持着距离，无须媚雅也不媚俗，低姿态躲陷阱。人活了一把年纪，都经历过路比人走得更慢的时期，都养成了要长期嚼碎勇气的习惯，在前面无所等待的时候，严力用一种莫扎特式的跳跃宣布：

《养伤》

"逆风正在梳出我的发型
为了美
不回头"

　　他近期的画儿，简单幽默，挂在墙上又有装饰效果。他的补丁和苹果系列画借形象开玩笑，我的理解是：苹果是伊甸园的"春药"，补丁是人生的"创可贴"，人生乃"排排坐，吃果果，吃了果果……"打补丁。

鲍昆

胡同没了，
——鲍昆的胡同摄影

　　"我是在北京的胡同里长大的。听院子里的老人讲，过去的北京是那么有意思。因为我是在小时候听的，又赶上了老北京生活的一点点尾巴，像庙会、厂甸啦等等，所以我的童年充满了老北京的韵味。老北京对我来说，就是一段美丽的童话和与我的生命之间无法割舍的一部分情感。

　　除了在庙会上喝豆汁看拉洋片以外，最让我现在难以忘却的就是记忆中的胡同生活和在包围着北京四城的老城墙上登高了。那时，北京的天真蓝。登上离我家不远的阜成门城楼，向南可一直走到复兴门豁口，向北可一直走到西直门。古城墙上荒草萋萋，是一个宁静与自然的世界。在蛐蛐的叫声和蝉鸣声中，向城内眺望，是浮在绿荫上的景山和北海白塔。向下俯瞰，是密密匝匝的街巷胡同。偶尔飞过的白鸽群，哨声给古城添上一曲绝有的音响。轻风间或送来隐隐约约散落在小巷胡同中小贩的各种叫卖声，一切都是那么和谐。向城外眺望，西边远山前是一片葱翠的碧野，各种庄稼在阳光下努力向上，凝思静伫，可听到它们拔节的欢快交响。城墙根下一泓苟延残喘的小河悄悄流淌，这就是护城河。虽然它已失去御敌守城的风采，变成我们这些孩童捞鱼虫的臭水沟，但我仍愿坐在城头上，想像它像小人书中所画的那样，躺卧在千军万马前，任他们架云梯、铺浮桥而凛然不可侵犯……

　　我必须把它们纪录得更纯粹和完整，以便在未来可以告诉孩子们，你们的父辈们曾经拥有过如此奇妙的胡同……"

——鲍昆

　　从这些文字可以看出鲍昆是一个念旧的人。他是80年代第一批艺术玩主，摄影、文学，兼作生意。80年代时鲍昆骑着摩托车在

北京城里到处乱窜，什么奇事都少不了他。后来他去了德国，回来后接着在北京城里到处窜，不同的是开着汽车，有些小胡同就钻不进去了。

　　北京城的变化太大了，让人哭笑不得。我们都是住过胡同的人，都记得胡同的那种安逸。我小时住的胡同里有大树，夏天树下有乘凉的街坊们，他们在树下吃晚饭，看着特香。西城区和东城区的胡同相比之下比宣武区的胡同要好，所以北京如今的拆迁运动各有利弊。著名的宣武回民地区牛街的胡同已经拆没了，那些回民祖祖辈辈住在牛街，定是对牛街有很深的感情，但是那些胡同的确条件非常之差，很多家用一个公共厕所，大部分的房子破旧不堪。尤其到了夏天，厕所发出的恶臭可以蔓延一条街。这种胡同杂院的居住条件并不舒服，住在里面的年轻人自然会有对楼房的向往，但是一旦搬进楼房，就会发觉，再也听不见知了捉不着蚂蚱了！北京一旦变成以高楼大厦为主的城市，北京就没了。

住过胡同的人肯定都盼望只是装修改善胡同，而不要完全拆掉它们。只要家家安上私人浴室和卫生间，拆掉那些在胡同里的公共厕所，加固老墙，保持四合院和胡同的整洁，种上树，北京就是世界上最有特色的城市之一，就像伦敦拼命保持那些街道中的传统民舍一样。

我在伦敦住的时候，最深有感触的是他们保留传统的精神，每家居民都自然地在保护他们的住房特色。在伦敦，有文化的人并不愿意搬进新盖的大公寓里，而愿意住在那些古老的小街上。伦敦人几家分或一家占一座小楼加花园，和北京人住胡同四合院的观念差不多。常常听到伦敦人指着那些新盖的豪华公寓说："瞧，没有英国人会去那里住，除非是傻瓜或者是阿拉伯人。"即使是纽约这样没有古老历史的城市，现代公寓楼也不是文化人的向往。有两年我曾租住在一个带门卫的新公寓楼里，凡是来访的朋友都吃惊地看着我，说你怎么可能住到这种地方来？！纽约人没有老宅可住，就都拼命寻找19世纪留下的厂房或堂楼。可见没有任何一个有文明的古老城市会拆掉他们自己的风格，除非是赶上了战争。

在牛街的附近，现在还仍有一些回民涮羊肉馆子，可以吃到最正宗的手切肉。一次我和鲍昆去那里一家馆子吃涮羊肉，鲍昆要上厕所，出去到牛街里找，一个老人说，哪还有公厕了？都拆了，到处是废墟，你就找个地方尿吧。但没过多久，废墟就都变成了一片片豪华住宅。还没拆的一家小馆子里挂着一张无名者的油画，画的是北京冬天的小胡同。凡是去吃饭的人都看着那张不知名的油画百感交集。如果北京再这么拆下去，哪儿还能见到这些小胡同？哪儿还有这些胡同故事？"水妞，水妞，先出犄角后出头。你

妈，你爹，给你买了烧羊肉，你不吃，喂狗吃。狗吃了，你就没了……"雨过后，墙底下的水妞只有听着童谣才慢慢伸出头来爬动。那些老墙没了，水妞也没了，楼盖起来，蟑螂就搬来了。

说到这儿，不禁想起建筑家戴安娜·阿格瑞丝特（Diana Agrest）"阅读城市"的建筑理念。如果我们的建筑家和市政府好好读读老舍，读读北京的

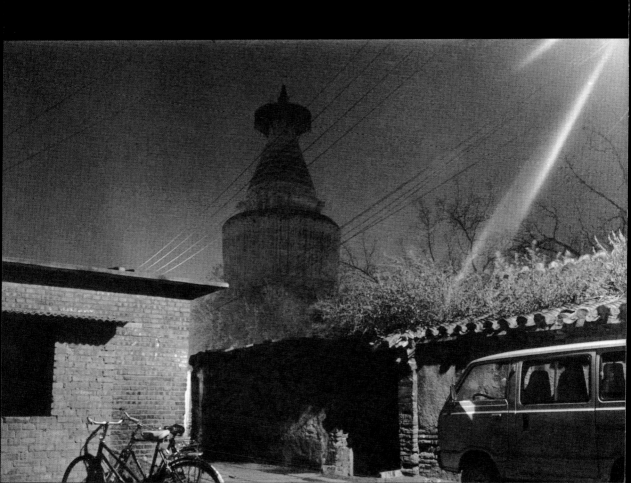

小胡同，他们就会生出完全不同的概念来建设北京了。北京人的故事应该是北京建筑家们的参考模本，而不应由开发商和建筑家们来随意地重写北京人的故事。但是现在我们已经都住在大楼里了，单元的楼门一关，各人在屋子里踱步，无可奈何地开始照搬香港台北甚至汉城新加坡的故事，来开始我们的一天。

杨迎生

美在事故中
——杨迎生的性格和艺术

　　杨二告诉过我一次他的真名，是什么杨迎生之类的名字，但是他告诉我的时候是笑着说的，满脸的不在乎，所以我没往心里去，觉得杨二就该是他的真名，"阴阳"就该是他的笔名，天经地义，反正他从来不在乎人家叫他什么。

　　杨二说一口英国绅士英文，在BBC、剑桥和外国人英文之间穿行，他在英国皇家美术学院上学时还没有这么英国化，可能是后来的工作使他往来于英国士绅而受其影响。去年他来我纽约的家小住，个子长高了，人也壮实，英文好听，搞得纽约的女孩子们为他的绅士风度加英国口音发疯。但杨二还是杨二，到了我家的头一件事是要修理我的水管子。

　　我认识杨二的时候他还是穿着一身黑衣留长发的穷留学生，刚从南京艺术学院来伦敦不久，在伦敦上学兼到处打工。介绍我们认识的是一个英国电视台的制作人。因为得知我开始在伦敦组织乐队，制作人想帮忙，就介绍我认识了杨二，说他会打鼓。我见到杨二，一问，是个画画儿的，平日爱打鼓，常在酒吧乐队里起哄。我连听都没听就说，你还是在酒吧里起哄吧。没要他。现在想起来，后悔，没准儿他的鼓也打得不错呢。

　　后来听到很多关于他的故事：他刚来伦敦时，没钱租房子，冬天就在地铁列车中睡，从一个起点站睡到终点站再睡回来。买一张地铁票能睡一晚上。夏天在公园里睡，白天就地写生，晚上躺着看天，感觉很浪漫，还和别的流浪汉交上朋友。后来被那些人拉着去加入了宗教集团，组织严密，章程繁多，他想方设法逃出来，从此再不敢去睡公园儿。

《拼贴山水》

过着半流浪生活，杨二在皇家美术学院毕业时名列第一，作品被登上伦敦的《Time Out》杂志封面。我还记得他那张毕业作品是用很柔和的色调和介乎于现实与超现实的油彩技巧画了一条比海还大的鱼。这条鱼惹得中国朋友们很为他而骄傲。后来他在张铁林的伦敦电影学院毕业作品中当男主角，疯疯癫癫的整天练习甩头发和玩儿深沉，又被我们大家当成了一个笑柄。再后来听说他的爱妻从大陆来了，他发誓要学着当好丈夫，改邪归正，并斩断一切风流。他渐渐开始隐居，我快离开伦敦时，纽约的代理人要我的宣传照，杨二帮忙，替我照了一堆特写。后来他告诉我说，他已经在一个英国教堂里找到工作，是给教堂修古代壁画。等我到了纽约，杨二就搬家了，我曾设法打听他的去处，没有音讯。

去年他突然冒出来，说是修够了古画，要来纽约散心找创作灵感，打听到我的住处，就来到纽约"串亲戚"。他现在早已不是什么教堂壁画修复师，而是英国数一数二的名画修复大师了。他专修古典到现代画大师的名作，包括毕加索的作品。修复各流派大师的作品，不是一般修复师可以干的，需要真正画家的技巧和眼睛，来处理颜色和画法，以恢复各种风格的本来面貌。有些画由于磨损太多必须要猜着补画，有时甚至要补画作品的大部分。他给我看了一张古画的照片，这张画曾被一个修复师洗画的时候把上面的原作洗掉了，露出了油彩覆盖着的另一个作品。显然画家当时是在一个废作品上面创作了新画儿。当画的主人把画儿拿给杨二时，油彩下面另一张画中的人和狗像鬼魂一样冒出来。杨二修补这张画必须要用一个画家的眼睛去分析原作可能曾是什么样子，然后索性按此画的风格重新铺上油彩，把下面的废画盖上，使上面的作品完整。杨二得意地给我看他的修补高术：在残缺的画面上补画了一片草地！

杨二这次来纽约，说是为了办个人画展来索取灵感。他做了一系列的参观计划，可一见到我先生的烟斗收藏就一屁股坐下不起，说是灵感已经找到了一大半儿，不用逛纽约了。然后他每天晚上回来后自己就坐在那里细细地把我先生的所有烟斗都试抽一遍。(我先生说只请他试抽一只烟斗，没想到他上瘾了，抽遍了所有的烟斗。我先生酷爱收藏烟斗，在我们各地的每一个家里都有他的几十只烟斗。在纽约家里的烟斗想必有50只左右，杨二要一天试上几只才能在短期内试完，可想而知，他一定抽得很辛苦。）这一抽，把已经戒掉几年的烟瘾又抽回来了。回到伦敦后马上为了家人试着戒烟，据说直到如今还没戒掉（已经一年了）。

他送我一张作品，现在挂在我纽约的家里，小小一张，总是引起所有来访者的注目和赞赏。那是用照片中的垃圾拼贴成的山水画。这曾是他一度的风格，在伦敦时我见过他用此风格作的巨幅作品，但杨二不太办画展，委约的画马上就送走了，他不留任何念想，从来没出过画册，只留下这小小的一张，挂在自家卧室，现在又给了朋友。他的画家生涯很自然地延续着，不愧于他的田园绅士风格，作画与生活一体，自得其乐，别无他求，只在画上下功夫便是。

为了此书我向他索来一张画照，作品的名字叫《夜晚的事故》。柔和的颜色和谨慎的构图，一只着了火的纸船漂亮地坠落，"事故"原来如此销魂。这张画的颜色、结构都似新非旧，往返于过去和现在的时间，如同杨二的绘画生涯。杨二对事故的欣赏，也如他对待人生，虽漫不经心，却构成不同景色，一串串的"事故"连起来成为美谈，勾画出他艺术和生活中特有的境界。

《夜晚的事故》

陈丹青

刘索拉 VS 陈丹青

在餐厅里众人发问陈丹青

某日本餐馆（苏小明的吃喝委员会活动地点）。刘索拉（简称拉）、陈丹青（简称丹）、罗点点（简称点）、洪晃（简称晃）、苏小明（简称明）、张暴默（简称默）、艾未未（简称未）、李勤勤（简称勤）

索拉称今晚要与丹青对话，众人都加入发问丹青，索拉取出录音机——

点：我特想知道，丹青你现在教书教得高兴吗？开心么？

丹：我和同学在一块儿很好。就是教育体制一塌糊涂。

勤：那你在哪儿画？在国内？还是在美国？

丹：我去年回来的，我。

默：是问你在哪儿住？

丹：我在教书。

勤：在郊区住？（笑声）

丹：在教书。在原来的中央工艺美院。

苏：这算是什么对话？！谁对话？就他们俩对话（指丹青和李勤勤。众笑。）这算什么采访啊？！

拉：不是，我就想把大家说话都录下来，生动嘛！你们看，他俩已经对上眼了。小明你丫到一边去吧。我发现了只有他们俩。

丹：哪里哪里。

拉：咱们把录音机搁这儿，干脆大家走，剩他们俩得了。（众笑）

点：索拉，你也走，就剩他们俩得了。（众笑）

拉：真是的，我就把录音机搁这儿，咱们走人吧。（众笑）他俩已经是他妈的一答一问的了，眼对眼儿，谁都不看了。

丹：对。李勤勤是我在美国知道的第一个中国新的电影演员。1983年吧，她演《北京故事》里的一个北京女孩，演得很松，很痛快。20年前了，当时哪想到会看见她。

拉：你看，她的眼睛也直了。

勤：我直了是因为我喝了点儿酒。（众笑）

拉：还不是。你看别人眼色不是那样，而且吧，整个一感觉就是，就他俩直着眼在那儿说。（众笑）

明：勤勤你坐过来吧，太远。

丹：别挪，她坐那儿我可以看到她。

拉：哎哟！快别挪地儿，丹青要看着你说话（众笑）。你知道吗？勤勤的眼睛里有一种野性，你没有。

丹：她非常像吉普赛人，同时又非常"北京"。我记得你在电影里头还穿着"文革"时流行的旧军装。

晃：你瞧，那电影你看了多少遍？

丹：至少五遍。她很可爱，还有那两个男孩也特可爱。

拉：咱们还是围绕着艺术方面的事儿说吧。比如丹青的画。哎，丹青，你画了好多春宫画，是不是？

丹：我临摹了许多春宫画，在我的静物画里，你知道，我画书。

晃：为什么对春宫画感兴趣呀？

拉：对，为什么呀？

丹：据我猜，大概是我们小时候没有看过吧。

晃：谢谢。你是多大岁数第一次看到春宫画呢？

丹：我想想看，当时快30岁了。

明：那你今年多大岁数了？

丹：快 50 了。

未：怎么跟审犯人一样？

晃：你当时第一次看见春宫画的感觉是什么？

丹：好极了！我觉得中国的春宫画画得好极了。第一次看见是在北京。对了，我想起来了，在一个加拿大使馆人员家里看到的。我就想：噢，中国人早就画这些玩意儿。可是到国外后，看到好多春宫画本子，我越看越佩服，但从来就没想到去临摹它。一直到最近三四年开始摆开画册来写生，是中国古典山水画册之类，然后顺理成章就取出我收藏的春宫画册，法国、美国出版的，同那些山水画画册和字帖搁在一起画。

晃：那你是说它好在哪儿？怎么好呢？因为中国人画画不像西方人那样有解剖学，对吧？基本上它是一个平面的画法，对不对？

丹：我跟你说一个很有意思的感觉：我从美国回来，猛地看到那么多中国人，我骑着自行车，看前面男男女女骑自行车的背影，我发现春宫画里的中国人，中国人的身体比例，全是对的。

晃：中国的春宫画呀？

丹：对。春宫画就是中国的人体画。说中国没有人体画传统是不对的，是拿西方人体画在套中国画。中国的人体画比西方 "厉害"：要画，男的女的一起画，没有 "男权"，从来就是 "男女平等"，画在一起。只有西方才专门琢磨奶子怎么好看，屁股怎么好看，西方女权分子说，人体画全是画给男性看的，中国从来没有这一套。中国人画人体，就是一根线条一路画下去，不讲西方的体积块面，着眼点一开始就不一样。

晃：就是线条。

丹：这是两种文化，不一样。结果呢，中国人崇拜西方的所谓 "人体美"，西方人瞧着中国的春宫画，觉得好看极了。中国最好的春宫画全在西方，前两年我还在拍卖行看到明代一幅春宫手

卷，画得实在富贵，主人在做爱，身边是各种器皿，装着吃的喝的，旁边丫环伺候。卷首是一群女子小孩在看两条狗交媾，春天来了，画上的树木花草都画得好极了。

晃：你比方说西方人画画的时候，都找一个模特。说蒙娜丽莎当时是个妓女，在街上找来的一个女模特。中国春宫画是有模特呢，还是完全靠想像？

丹：瞎说，《蒙娜丽莎》是达·芬奇的自画像，根本没这么个女人，没有，没有模特。中国画不写生，春宫画里做爱的动作都有个模式，照西方观点看，比例结构全是错的，但动作的意思很对。中国跟西方很不一样。他们仔细观察梅花，然后回到屋里开始慢慢儿画。不是看一眼画一眼，不是，中国人就是看啊看啊看，看得很熟，然后画，就是这样。中国讲传神，西方讲形似，玩儿逼真。

晃：那你是学西方画的？

丹：瞧，她真的采访起来了。跟他妈什么……

晃：我就想知道，因为你是个学西方画的，你是从学油画开始的，对吧？那么转到工笔画来讲的话，就是说春宫画时，你的画基本上还是跟中国路子走，最难的转折点在哪呢？

丹：不难。

晃：不难？

丹：不难，我年轻时就临过永乐宫工笔画，临过永泰公主墓室壁画，就是一根线从头勾到底，非常有快感！

晃：中国春宫画在过去是给人看着玩的对不对？

丹：也不是，不完全是这样。你真的不知道吗？

晃：你说。

丹：据说有性教育和卫生功能。说是闺女嫁出去了，爹妈给春画搁在陪嫁的箱子底下，让闺女到婆家后和自己男人商量着来。还有一个说法，是给公子哥儿 "灭火" 的，你想要女人，性子上

来了，看看画吧，算了，别去胡闹了。据说有这么两个功能。

晃：自慰。

丹：自慰，听说是这样的。

晃：你说瑞典写中国性生活历史的那个人叫什么？

丹：叫什么，他写中国房中术的历史，写得很详实。

晃：对，对，写得非常好。他收藏的那些春宫画你看见过吗？

丹：没看见过。我买的是巴黎出的中国春宫画册，题目叫《云雨》，精印。那真画得好啊。我画的静物画里好几幅都是写生这个本子。我那些画你看过吗？

晃：看了，就是那次你和学生的画挂在王朔酒吧，两幅。哈哈！丹青，你画过性暴力吗？

丹：没有。性暴力没画过，我一点儿也不喜欢。

拉：丹青喜欢小鞋。他收集女人的小鞋，喜欢女人的小脚。

明：你喜欢多大号的脚？

丹：我喜欢画暴力场面，不喜欢画性暴力。

明：脚呢？

丹：我从来没专去画脚，去年学生在课堂画女人体，我没太多时间跟着画，就取了模特的脚画了一幅，是大脚。

明：多大号的脚你喜欢？

丹：我喜欢小脚鞋完全跟小脚文化没关系。我把它当静物画，我喜欢鞋的样子、颜色、图案。我不喜欢——

拉：他喜欢女人的小脚。

丹：好看的手，好看的脚，当然喜欢看，男人的脚长得好也非常性感，很好看。我到意大利去，出飞机场看见一个扫地工人，他的手指完全就像波蒂切利画中的男子的手指，真有这样的手指！这一段特别长，而且指端是微微翘起来的，真好看。他们男子的脚也非常好看。

晃：那你觉得在国内教西方画，学院派是怎么教法呢？

丹：教多少年了，永远那一套，石膏、水粉。

拉：那么在国外呢？

丹：国外又是另外一种不好，什么都不教，让你乱画。想画画的人老画不好，不想画画的人挺好，可以做点别的事。

众人吃罢饭散去，刘索拉与陈丹青去喝茶。

拉：刚才大家一搅和，我现在脑袋已经不知道采访什么了。

丹：你说说，你的采访计划里，有我、刘丹，还有谁？

拉：还有蔡小丽，还有今天碰到的艾未未。

丹：艾未未你一定采访他，很有意思。

拉：我要去看看他的新家。我还特别想找到尹光中。尹光中就是贵州做面具的那个"野人"艺术家。前不久见到他，第一件事就是给我看他脚上的伤。他自己还会去山上采草药。可惜再也找不到他的电话了。我还想加进Diana和Mario，他们的建筑图和设计。

丹：嗯，Mario和Diana，就是阿根廷的那两位。

拉：就是那一对儿建筑家，Mario和Diana，是住在纽约的阿根廷人，罗兰·巴特的学生。我还想写Mark·Tansey，但是可能没有时间了。

丹：Mark·Tansey！去年"9·11"事件发生时我非常担心他，他的家离世贸中心挺近的，电话打过去，全占线。

拉：我觉得Mark·Tansey对我的影响挺大的。虽然我跟他只谈过半个小时，谈的是我的音乐，当时我刚作完第一首《物体结构音乐》，他帮我出了一些结构上的主意，非常启发我。你和刘丹也绝对是对我有很大影响的艺术家。还有的就是小时候一起长大的艺术家朋友，我都想放到书里去，可惜时间和篇幅都有限。那你帮我回

陈丹青《临达·芬奇》　1968年

纽约的时候回去看看，代我慰问慰问坦希。

丹：当然。他家窗子推开出去就看见世贸中心。他有三个孩子。

作曲家不需要倾听

拉：我是因为看了你的那些巨大的联画，才开始写《中国拼贴》。

丹：我记得你当时看我的画，嘴里就开始发声音，说如果是表达这幅画面，就是这么个声音。

拉：没错！我还说过想开个音乐会，就唱你的画，我记得。可其实什么画派、什么色彩，我完全不懂。

丹：懂不懂不要紧，我也不懂我的画，要紧的是你有没有"感觉"。

拉：我的感觉是做音乐做到一定程度后就不想听音乐了。刚开始我还特内疚，觉得怎么这么喜欢没有声音的感觉。但是完全静下来后，我会从静中听到音乐。我不能听着别人的音乐去想我的音乐。我要坐在一个完全没有声音的地方去听，就能听到音乐。

丹：音乐不是指"声音"。

拉：必须是在无声中才能听到音乐。可是画呢？你说你有没有在完全不看的情况下，才能看到画？

丹：哎呀，我路子和你不一样，我是写实的。视觉经验总要求有对象，我得看见东西。可是我看见东西的时候，可能我已经把它看成一幅画；一群人在那儿说话，我已经本能地在那儿构图。但是这不等于"画"。

拉：嗯，现实主义。

丹：眼睛很"无辜"，老是在"看"。比方说，我一眼看见女人，可是和"好色"不太一样。我在女人身上可能看到了"画"，这是职业习惯。马蒂斯说：我不是在画"女人"，我是在画一幅"画"。可你能想像吗，一个瞎子还能画画？写作可以，比如波尔赫斯。作曲家的一部分工作跟作家是一样的。画家可不行，不可能有一个瞎子画家，不可能的。所以我在最近出的谈音乐的书里说，耳朵总是醒着的，眼睛要闭上，睡觉，我有时要睡他妈的10个钟头觉，可是耳朵呢？醒在那儿。

拉：但是耳朵常常不愿意听到声音。耳朵在周围没有声音时，才能听到声音。

丹：那是你的意识在命令耳朵："别听这声音！"我想，耳朵自己会听到的。

拉：耳朵自己会听到音乐，马上可以和别的声音离开。

丹：有意思，我第一次听到这个说法：在没有声音时听到声音。

陈丹青《题未完之二》　　1994年

拉：刚开始我以为就我一个人是这样。我想可能是一种对音乐不够热爱的体现吧。后来在家里头写音乐，那一段时间里家里什么音乐都不能响，在根本没有声音的情况下我才能写出音乐。

丹：喝！

拉：我最近看了一本书，作者叫爱德华·罗特斯坦，一个纽约的大音乐评论家，也是数学家。他写了一本特有意思的书，刚翻译过来，叫《心灵的标符》，特好看。这书写的是数学和音乐。他说到指挥家不需要看谱子，作曲家不需要倾听。我一看，跟我对路子。

丹：有个人，法国人，他叫马尔罗，当过法国文化部长，早年到中国参加过国民革命。他同时也是一个艺术史家。他写过一本美术史：《沉默的声音》。他拿"沉默"，同时又拿"声音"来形容绘画，形容美术史。我被问到一个问题："你画画为什么还要听音乐？"——这个经验正好跟你相反——我想了半天，"为什么画画时要听音乐？"问题还说："你是不是要拿音乐助兴？"我想不是的。某种场合需要音乐助兴，画画不是那种场合，画画是工作。后来，我想了半天，又跟你刚才说的意思接近了，就是画室里有音乐，其实就安静下来。

拉：就把你跟别的东西隔开了。

丹：好比你在没有声音的时候能作曲，我必须有声音在场才能画画，才能安静下来。我发现音乐

陈丹青《题未完之一》　　1994年

会场是最安静的地方。你到音乐会去，台上在演奏，可是音乐会场最安静，没有杂音，只有音乐。我明白了，美国为什么演奏交响乐事先不报幕。没有任何别的声音，灯光暗下来，乐队就起奏，演奏完了拍手，拍手完了就散。木心先生写过一篇散文叫《S·巴哈咳嗽曲》。那年我跟他一起去林肯中心听音乐，演奏过程中很多人咳嗽，幕间休息时，集体咳嗽。

拉：我最烦这个了。

丹：咳嗽破坏了安静，可是每一场音乐会都有人止不住咳嗽。我说这很有意思，先生能不能写出来？他说："能，我来写写看。"几天后他就拿给我读，散文最后是：音乐会结束，全体起立鼓掌，没有一个人咳嗽。哈哈哈！

拉：我不懂这些人为什么都要在这个时候使劲咳嗽？

丹：有意思啊，你不是说，在没有声音的时候你最

能听到声音，是咳嗽么？

拉：不可能都在同一天感冒吧？

丹：你平常也不听音乐？

拉：我不写音乐的时候才会听音乐。我一般不爱去听音乐会，除非是了解音乐家或者曲目，才去听音乐会。因为听音乐会时要见到很多观众，那么多人的磁场有时很影响音乐的感觉，尤其是严肃音乐，还要听那些非常讨厌的咳嗽声。

丹：你听古典音乐吗？

拉：我听古典音乐，但是挑着听。爱听巴赫、莫扎特，还有更早期的音乐，宗教音乐。

丹：你不听浪漫主义的？

拉：我怕听。我喜欢古代音乐，比如格里高里圣咏，或是现代的音乐，比如勋伯格。从小听了太多的浪漫主义音乐，对它有点儿烦了。浪漫主义的音乐有太多的中间式的情结，如今还是咱们的学院派最鼓吹的情调。比如说贝多芬音乐中

的那种没完没了的牢骚，根本不想再听了。学院已经把浪漫派弄死了。我不知道你画画是不是有这种感觉，对某种颜色真的不想去再沾了。学院整天训练你就是浪漫主义现实主义的发展手法，贝多芬的奏鸣曲四大本，我全部弹过了。从小摸奏鸣曲，哪怕不能非常熟练地弹下来，也全摸遍了，那些东西不能再听了，最糟的是大部分音乐家随便一即兴，都是老贝的声音。

丹：这可能是外行和内行的区别。

拉：虽然我们也弹巴赫，但是巴赫的东西安静不躁，任何时间弹都不会骚扰你的神经。它不增加也不简化情绪，它没有情绪，只是好听的声音和结构。

丹：巴赫的东西是自己奏给自己听。

拉：浪漫主义情绪不使你静化，又不助长复杂思维，也没有触动神经的快感，只有骚动不安。

丹：有时挺强迫的。

拉：人最易被这种骚动而驱使。我现在一听就毛骨悚然，很怕那种悲壮，顶不住。美术的浪漫主义呢？

丹："文革"时期的音乐绘画就是从浪漫主义那里来的。它是一种"情感意识形态"，归结为种种模式：这种声音叫"愤怒"，那种声音叫"悲壮"。

拉：它把什么东西都普及概念化了。

丹：这个叫"崇高"，这个叫"恬静"，或者"优美"、"哀伤"等等。

拉：特烦。

丹：浪漫主义比较有为，巴赫无为。

拉：巴赫的音乐没有煽情，就是声音和结构，像舒服的房子盖在那儿，你什么时候听都可以享受。

丹：现在大家明白他了。我想在"文革"，我们小时候听音乐，都会选择容易听懂的，通俗的。

拉：那是中学生的水平。尤其是你谈恋爱的时候，特别需要那种煽情，那时候又没有流行音乐，所以就需要大浪漫交响乐替你解脱，咣咣咣，胸口起伏着去想爱情和痛苦，人生哲理。

丹：有时浪漫主义像是宣传、宣言。

拉：哎，你画的那些三联画之类的，是不是从旁观的感觉去画那些浪漫主义的题材？你选择了那些大题材、大感觉、大动作，可是又透着旁观。

丹：就是后现代的所谓"戏仿"，很认真的戏仿，在模仿它的过程中抵消它，就是阿克巴写的意思：把你看过的东西再看一遍时，它其实已经不是原来你看到时的那种效果。

拉：我觉得你的好些画都特旁观。有点儿像你这个人的感觉。

丹："旁观"？对，好像有点旁观。

拉：包括你写的那本书也是。

丹：是吗？

拉：《纽约琐记》就很旁观。你的人生观就好像是旁观。

丹：有点这个意思，好像有点，我叙述，讲一些事情，但好像我不在里面。

拉：嗯。

丹：我不完全掉在事情当中，可是我又在看它，说它。好像有点这样。

拉：特别像你的画。比方说，你在一幅画上画了很多躺倒的人，一个特别有感情的画面，在另一幅画你又画了人躺着的姿势，每张画有不同情调，有的很冷漠有的很浪漫。但是几幅画放在一起看的时候，就会发觉……

丹：互相抵消了，又互相强调。

拉：成了一种旁观式的震撼场面。你在观察各种场面，残酷地把它们排列在一起，但还是能看出你的立场。

丹：但我要把立场拿掉。立场太强，这不欺负观众吗？！

拉：也能看出你要尽力把它拿掉。

丹：音乐里你有没有这样尝试？

音乐就是音乐

拉：音乐？结构主义对音乐的解释是：音乐里没什么打雷下雨，就是小提琴、大提琴的声音，都是技法。虽然结构主义有点儿太极端了，但我认同音乐的最大意义就是声音的探索。

丹：莫扎特的八重唱，就是玩八条喉咙，别去找"思想"，找"意义"，我连剧情都不太知道，还是好听。

拉：对，古代艺术真是这样的。

丹：非常游戏的。

拉：一直到贝多芬，才开始解释音乐。悲怆，开始有了人文的东西。

丹：开始有意义，有思想。

拉：除了歌词的意思还不够，大家还要问这声音是什么意思？激起你什么想法？声音就是声音，对于创作音乐的人来说，他就是他妈的要造这种声音。

丹：贡布里希，美术史家，他说：他比较赞同巴罗克时代的音乐家接受订件的工作方式。他说：那个时候一个艺术家接受订件，比方说，明天有个葬礼，你赶快写个悲哀的葬礼曲；明天有个婚礼，你就写快乐幸福的婚礼曲。艺术家写葬礼时不必难过，写婚礼也不必高兴。他可以立刻就是拿出很多感情来，但是和你自己在不在那种感情中，根本不相干。他比较不认同德国狂飙运动后开始提出艺术家"表现自我"。我听说一件事，不知道是不是真的：说是江青一伙去审查样板戏，那些作曲家就坐在她旁边。江青说，这一段激情还不够，那个人赶紧把旋律哼一遍，问她：您说这样够了吗？江青说：还不够！他就再哼，当场就要把江青要的效果拿出来，对不对？

拉：嗯，对。那时很多音响被固定成某种情绪。

丹：我画西藏人民在哭毛主席时，我画他们很伤心的哭脸，可是我画的时候自己用不着悲伤，我被表情吸引，被我手里一笔笔画出表情的过程吸引。艺术其实是这样的，你说呢？

拉：只需被某种场面感动就够了。

丹：我画笑容我也用不着高兴，那是工作，一笔一笔来回画。

拉：有些业余的孩子们经常问我："你老主张那种技术性的东西，你是不是没有感情？"音乐评论家经常爱批评某个作品没有感情，我觉得这种音乐评论很业余。也有这样的评论，说这种音乐

陈丹青《自画像》 1976年

虽然好，但是它没有什么感情……这不叫音乐评论。音乐评论应是美学谈话。所谓美学，包括技术和风格。民间音乐有民间音乐的风格，音乐有音乐的风格，纯音乐有纯音乐的风格……音乐就是音乐，如果说音乐全是用感情堆出来的，肯定很乱。常有那种人把贝多芬的"命运"式的情绪拿来大发挥，以为那也是他的命运，可悲可笑。音乐就是先有个动机，可能那个动机是出于某种感触，心灵一动，就突然有了：当当当当或吱吱吱吱！就只这么一句！够了，就开始拿它当地基盖房了。这个搁这儿、搁那儿、

搁上、搁下、搁左、搁右，搭出一个有风格的框架。有时那种感触并不见得是感情，而是神经的触动。神经会常常触动，给你提供新的创作元素。哪怕是蓝调音乐也不是从头到尾都真的哭着唱。

丹：是的，音乐就是他妈的音乐。威尔第说："歌剧就是歌剧，交响乐就是交响乐"。他说这话是针对华格纳的音乐剧——艺术传达感情，传达给感官，但艺术的"感情"跟你日常生活的喜怒哀乐不是一回事。小提琴在那儿拉，很伤心，那跟你自己真的在伤心是两回事，你要是正在伤心、失恋，你没法上台演出。

拉：艺术创作不是简单的心理学发泄。除非是那种最基础的流行音乐，只是拿旋律来解说人之常情。

丹：流行曲就是要惹你哭啊，挠你痒痒。我操，快哭啊！

拉：我伤心啊，我要死了，我死了——流行音乐在表现这种情绪时不需要讲究音乐风格，只要情绪动人就行。任何别种音乐在表现这些歌词的同时还要想音乐美学，只要是牵扯到有流派的音乐就有更立体的要求。纯音乐讲究结构，爵士乐讲究摇摆和华彩，连民歌手随便唱两句也知道保持地方的"原汁原味"，大鼓书不可能为了解释情绪就唱出个拉赫玛尼诺夫来，都是风格。这可能跟画一样。

丹：我回来后，哥们儿就说，你他妈创作激情到哪里去了？你怎么这么冷漠啊。

拉：我想大多数人说的那种激情其实是冲动，大呼小叫的。冷漠中可以有一种更大更深的激情。

丹：这是教育的结果，我们是在这种教育里长大的，我们从小被告知，譬如说，今天我看了一场非常激动人心的画展，听了一部激动人心的歌剧。我们感受艺术已经有一种"情感模式"，表达情感，又有一套表达模式，到了判断、批评，还

有一种语言模式。

拉：愚蠢的艺术评论不如没有。

丹：这背后说到底还是一个宣传文化、意识形态文化，它在长期导引你进入宣传作品的"情感圈套"，现在这种圈套差不多已经撤了，可是我们几代人却和这种圈套、模式长在一块儿了。流行文化也是这一套，你看综艺节目说个什么笑话，唱一段儿，主持人会立即面对观众大叫一声：掌声欢迎！掌声鼓励！观众就立刻鼓掌。我可不愿鼓这种掌。

拉：有些傻逼评论家总要给你什么"这一片蓝色，暗淡的蓝色，表达了画家当时惆怅的心情"。

丹：嘿，嘿，嘿，是这样。

拉：就是由于这个，所有的孩子们在学艺术的时候，他脑子里先这么想：我要用这个颜色来表达我的暗淡，我要用那个颜色表达我的光明。他先把画解释出意义来再画。最糟糕的是写音乐之前先把解说词想明白。

丹：音乐最容易被误读。

拉：尤其是加上歌词后，音乐成了词的衬托。

丹：写作也是一样。比如，杜甫怎么悲天悯人，其实他的快感是在一段一段句子中间的节奏，他在找句子，他要"语不惊人死不休"。

拉：快感不在于说事，而在于文字。

丹：他用事儿找句子——"漫卷诗书喜欲狂"，"便向襄阳下洛阳"，老杜的快感是"喜欲狂"、"下洛阳"的韵脚（"狂"、"阳"，念重音），韵脚找不到，情感就出不来。他写作那首诗全是感情，我非常了解那种情感，"文革"后许多老干部忽然平反了，可以从下放的苦地方回城里去了，官复原职了，可是哪位老干部留下"喜欲狂"啊、"下洛阳"啊这样的好句子？他先得写一份表态书吧。老杜呢，他的快感是诗，是韵脚，找到快感的时候，感情最饱满，找不到，一包感情就只是生理上的感情，谁都会有，不能

转化为艺术，"艺术"，就是指你用的媒介——乐器、字，在我这边，是颜色线条之类——忽然就奏效了，"狂"啊，"阳"啊，一千多年了，读到这里，还是会神往，会感动。

拉：如果我想写一个特别忧伤的音乐，就站在楼上淋着大雨去哭："天哪，我要跳楼！"回来还是写不出来，哭也没用。不是不要感情，最好的艺术是在感受之后再冷静下来才开始成型，艺术是先有美学的。

丹：要冷静下来才能创作。我们从小被接受了这个概念：要满怀激情投入创作！没错，但"激情"不是工作状态，它妨碍工作，它反而表达不了"激情"。我们活在一个很煽情的文化中，我们的艺术教育总是没有触到创作的真实，触到艺术的核心。

拉：爱德华·罗特斯坦在《心灵的标符》里例举了一个苏格拉底关于囚徒的解说。苏格拉底说，把一群囚徒关在一个洞里边，然后在外面生一堆火，放些傀儡在那儿动，影子映在洞墙上，囚徒看着影子，觉得世界就是那些影子。等到一个囚徒出去的时候，看到真正的太阳，就不适应了，感觉太亮，不相信外面发光是真的事。好不容易适应了，再把他送回洞里去，他又开始不能适应山洞，觉得影子又不对头了。他的同伴们也不能相信他看到的光是真的。所以我们的眼睛似乎永远不能真的客观。

丹：你那书哪弄到的？英文的？

拉：是新翻译出来的中文版，我借给你看。他的写作其实很浪漫，但是有说服力，把音乐与理性的数学程式联系在一起，同时又说音乐家是在摸上帝的手。我想我们在强调理性的同时其实都有很大的感情成分藏在作品的下面，但是看你怎么说了。你的联画非常有感情，但是当我们谈你的艺术时，重视的是你的风格。不能说陈丹青只是"热泪盈眶地完成巨作"，热泪盈

眶不能说明作品，作品的风格才是艺术家思考的方式，像音乐家演奏音乐一样，不仅仅用感情演奏，而是要重视风格。像罗特斯坦说的，拥抱风格。好音乐是风格和结构的完整。

丹：那么你对现在班上那些哥们弄的那些乐队有啥想法？

拉：他们都挺好。我喜欢郭文景的东西，虽然很戏剧性，但是音乐结构得很谨慎。有次听了在德

陈丹青《荒原呼啸》 1981 年

国的陈晓勇的音乐，觉得他的音乐形状很好看。我就是喜欢去"看"音乐。比如说现在我在用眼睛盯着这沙发的时候……这面楼或这面墙，会"看"到声音滚动，同时听到音响。比如说我看这幅画的时候，看着看着声音就出来了。

丹：看着看着声音就出来了，不得了！

拉：声音的形状出来了，声音就出来了。然后进到我脑子里结构起来，成了曲子，像蜘蛛作网。

丹：音乐太神秘了，我完全不能想像人怎么会作曲？

拉：音乐太好玩儿了。无边无际。

丹：那你写作的经验是怎样的？

拉：写作也特别让人兴奋。把玩语言。

丹：现代文学也一样呀。

拉：把文字一句一句连起来，让它们好看，把生活里大小事都加上了结构和节奏，就是这样。但是写作对我来讲比较实在，它到底是建筑在人的生活上。

丹：音乐不模仿任何东西。

拉：音乐模仿声音。它会不自觉地模仿以前你听到的自己或别人的声音，什么音响一旦听到了，就赶不走了。你小时候听过的催眠曲、莫扎特，一旦听过了那些音响就留在记忆里，加上老唱片里的破提琴，收音机里的流行曲等等。多少年后突然有一天，你安静地坐在那儿，所有的声音都出来了。一个古典和声敲着你的脑门儿，还有浪漫派酸溜溜的小提琴揪耳朵，外加和尚念经，以为是灵感。怎么办？建立风格。

丹：但是他妈很难啊。

拉：这要经过很多训练。就像你说的素描呀、油画呀也要特别多地训练自己。

丹：这是不断不断的实践过程。

拉：对，你得不停地实践和练习，所有过程加在一起，最后那真的声音才出来，慢慢等着它来。

丹：这是所谓"无念"状态吧。

拉：我不知道能不能说它是无念。比如说我看到这面墙吧，这一片黑的颜色和那些灰的颜色，还有紫色的格子。如果你现在问我：能不能给我写个作品？我会说：让我想想。然后就看这面墙。一会儿这面墙就开始给我发出声音来。这些经验必须是你作了很多音乐之后才有的，其实是你自己耳朵的经验。但你说会不会画画也是这样？

"你心目中有一个人"

丹：中国人可能管这叫"心像"，你心目中的图像——中国文字真好，"心像"！举另一个例子，那时候我们创作现实主义一路，经常要我们"深入生活"，找"形象"。我那时就想，不对，不是这样的。俄罗斯那位苏里柯夫，他为了画女贵族莫洛佐娃，到处找模特，找了好多人，都不满意——我发现其实他心里有一个模样，但还是找，找，找——终于找到了，啊！这个人就是我要的人。这跟导演挑演员一样，他心里一定先有一个"人"，一个"心像"。

拉：我想是一个预知的风格。

丹：其实你一直有个意向在心里，好像你有一个声音在心里一样，然后你去找。美国一位作家，名字我忘了，他说到灵感，是我见过关于"灵感"问题说得最对的，他说"灵感是意图"。是啊，这是创作过的人才会说出来的话。还有艾米，意大利导演，拍《木鞋树》的，阿城1992年去意大利时认识他，阿城问他 你电影里的这几个孩子形象选得好。他说：他摸了意大利六万多个小孩的脑袋，才选出这几个——你想想，六万多个小孩！六万多张脸！最后选出六个。

拉：最适合他风格的六个。

丹：可是在电影里那不过就是几个拖着鼻涕的乡下小孩。你现在跑到农村，看见一群小孩，他再生动，再有意思，但不一定入画，不一定上镜头，到了作品里，一切都很具体，作品不是生活。

拉：是风格。

丹：可是"现实主义"要摸六万多个孩子的脑袋，艾米的电影百分之百现实主义。音乐没有"写实主义"，凭空。

拉：但是风格的声音也先在脑子里了。现代音乐概念之一是所有世上声音都是音乐，这其实不是写实主义，把声音固定在时间里，真实的声音更抽象。

丹：它不模仿。文学、绘画，再怎么样它们都要模仿一个对象。音乐真是凭空，玩儿数学，就那么几个音符，不断地一生三，三生万物，是不是？我不懂。

拉：西方的音乐传统一直是感性和理性不断转化交替地延续，在音乐发展手法上理性更重于感性。年轻人会有这样的问题：净谈理性，我心里的感情怎么解决呀？我想这两者要先分开，再合上。

丹：年轻人倒还好，因为他们受的教育和我们小时候不一样了。麻烦的是我们同代人，或略微比我们年轻一点的，都受这种教育。意识形态，所谓美学、感情、激情——艺术家肯定是热情的人，敏感的人。可是你把生理情绪转化成一件作品的时候，所有的问题就来了。还有，我们被灌输的那些作品，正好就是那个时期的那部分作品。故宫演的那个《图兰朵》，就是极端浪漫的东西，哎呀，表不完的情，唱不完的歌，烦死了。谁要跟你台上似的那么激动，要死要活的。

别跟我提"原创"

拉：我还碰到一个事儿，很普遍。就是，不管是咱们这一代还是老一代，还是年轻一代，有个普遍的事儿：你不能问他的作品受了谁的影响。

丹：哈哈哈！

拉：你一问他受谁影响，他就急！我觉得这事特奇怪。

丹：就因为都受的是人家的影响嘛！哈哈！

拉：对了，他特别怕人问："你受谁的影响？"马上辩解说："都是我自己的！"怎么可能？从小时候一生下来，你就在受各种各样的影响。

丹：贝多芬、莫扎特，他们都清楚受谁的影响，都老老实实说出来，充满敬意、感激。

拉：人家一问我的音乐，我说我早期受什么影响，现在受谁的影响，可以摆列出一大堆我崇拜的大师，谁给我多少启发都能记住。我觉得这是一个做事情的过程。事情就是这样做出来的。

丹：谁都有长辈，有爹妈。

拉：比如你会说谁给你的影响最大？

丹：谁要对我说，你的画受谁谁谁影响，我全承认。受影响多好啊！我受的影响太多了，受马奈的影响、伦勃朗的影响、列宾的影响、苏里柯夫的影响，还有国内很多画家的影响，都有哇！都阶段性地受人影响。我开画展都写明的，我列了一个名单。

拉：都列了一个名单？

丹：写明的，这段时间我这张画受谁影响，过了一阵，我又受了谁谁谁别的影响。

拉：我觉得能被人影响了很荣幸。但是现在很多人不提。你一跟他提，对方就急了："这他妈就是我的！"说实在的，咱们到这个世界上什么东西是我们自己的？随便骂句："操你妈"，这"操你妈"都不是你自己的是不是？都从大街上学来的。没什么东西你不受影响的。可是呢，我碰到一些很时髦的艺术家也老提他的东西是原创，我特别怕提"原创"。

丹：我回国后很奇怪，很多研讨会和文章还在一本正经提"原创"这个词。这个词（ORIGINAL）有半个世纪不提了，不用来指称艺术创作了，可是这里还当个法宝，我们学院开会，说要拿出原创性的"学术成果"，要有原创性！我一听，心想您是神仙啊？在说梦话吧？

拉：非常幼稚。原创？！但是你跟他说明，对方就受伤害。

丹：我琢磨出个公式：信息不等于眼界，眼界不等于主见，主见还不等于创作。可现在我们从当中跳过眼界，直接从信息一步跨到主见，以为那是他的主见。其实创作一拿出来，我就知道他大约看过谁的画册，大约看过哪几本杂志。到什么地步呢，大家互相藏起来，垄断一个可怜的信息：一个图像、图式，好，我拿过来了，闷着，对外不说。

陈丹青《江浦农民》 1977 年

拉：要说就说这是自己原创的。哈哈！

丹：现在稍微好一点儿。信息多了，流通了，很难闷住一个什么东西。最近我看见一份美术杂志，专给几幅中国"当代创作"编了两页，每幅画旁边印着他抄来的那幅西方的"原件"，以便对照，据说作者看了很痛恨。可是在西方，作者自己

陈丹青《母与子》 1980年

会印出来, 告诉你, 惟恐你不知道他是从哪儿挪来的, 他特意要你对照着看, 对照、重复, 就是一种观念。咱们这儿可好, 早十年, 很多人会惊讶: 我操! 这家伙扔出这么个新的图式! 没见过! 牛逼!

拉: 嗯, 对, 对。

丹: 又不好点破他。图式挺好, 你受影响, 也挺好, 问题这图式背后的原因是什么? 怎么会有这图式? 比方说德国表现派和新表现主义, 跟一战二战什么关系? 跟东德西德什么关系? 他不管, 只管闷抄, 完了还很深沉的模样谈创作体会: 啊, 我想表现什么什么。

拉: 他没弄清楚是怎么回事。

丹: 也不愿意弄清楚, 重要的是立刻 "成功"、"打响"。

拉: 当 "第一人"。

丹: 还有一个现象, 就是自作聪明, 画蛇添足。你受这图式影响, 就好好受影响, 可是还要耍小聪明, 北京所有建筑, 明明是哪一路抄来的, 就是添一个角, 加一个盖子, 划一道斜线之类假包豪斯、假希腊罗马、假维多利亚, 甚至连抄港台的建筑, 他又给你改头换面, 你三根柱子, 他给你加四根; 你这个凸角是这么弄, 他给你弄得更凸, 还玩个花哨。造型是不能乱动乱改的, 稍微过分, 就看不得, 可是丑陋的建筑矗在那里, 你只好天天看见。你索性把那个样子完全抄过来, 也挺好, 可是又把人家的原来的好样子给弄坏掉, 弄僵为止。

拉: 对, 就是缺乏一种老老实实的做事态度。

丹：日本人老实。

拉：干活真知道吃苦。

丹：日本人是你玩重金属这一路，我就真的照你这么弄，玩儿命弄，弄着弄着，结果他自己的面貌就出来了。

拉：他们不光是冲动，他们认真，那叫真正的激情。

丹：咱们就知道乱学，大概齐，然后就觉得会了，说是自己的。日本人是桥归桥，路归路，分得很清楚。

拉：比方说咱们今天吃饭，如果说是真的日本饭馆，会给你摆得非常整齐，不会给你"袭力轰隆"的乱放。这也算是日本饭馆？

丹：自欺欺人，不伦不类。

拉：现在我听到很多人都反映，没有敬业精神，干啥不像啥。不能敬业，怎么可能有大激情？

其实没有立场

拉：你觉得要说绘画，应该说什么？

丹：我想先别去说画——我们都看不到什么真正的好画。我们没有美术馆，现在的国家美术馆只能叫陈列场所，不是真正的美术馆，更没有"美术馆文化"，那是一个专业，"美术馆学"就像"图书馆学"一样，一整套观念和方法。现在的中国美术馆就是轮流租场子付钱，画马马虎虎挂起来，大家热闹一场，就算玩儿过了。

拉：可是一般人对画的理解是："陈丹青，你的画属于什么什么派……这个时期你的画是怎么怎么着……某一个阶段，由于你心情的缘故，受了什么样心情的影响，所以你会怎样怎样……"你认为是不是可以这样解释你的画，比如三联画阶段，春宫画阶段……

丹：很有意思，我回来后非常好奇，原来"误读"何等严重，误读得出神入化，可是我又不能完全说是被误读，读者看过之后，对我的近作似乎

有一种失落感，很失望，而他们谈论这种失望，很有快感。

拉：嗯，首先你得先承认你"裁败"了。

丹：我会很坦然说我真的不知道画什么好，不知道怎么画下去，然后，把这个状态画出来。但是读者会很高兴地发现，看哪，这家伙出去就失落了、失根了，画不出东西来了，他自己也承认呢！读者会顺理成章得出这种结论。

拉：对，然后一下子就变成一个输赢的关系，跟画本身其实没关系了。

丹：其实是满足了文化上的民族主义、本土主义。

拉：对，所以闹了半天，艺术变成一个竞争，较量的不是艺术本身。论画，甭管画是在主流还是在边沿儿，论的是画。但有些人要论：你丫是输了还是赢了？人家要你还是没要你？他先判断这个东西。

丹：功利主义，赤裸裸的功利主义，从来没有像今天这么严重。如果有一个权威的展览接受你，或外国人评论过你，他马上就会改变态度，因为他其实没有立场。或者说，总是在找立场，急于归类，急于落实政策，归类了，落实了，心里就安全了。

拉：正是这样！

丹：他把你的位置设定后，目的是找到他自己的位置——看哪！我们是对的，我们在中国，在本土，没有失落。我们是正确的，您错啦，唉呀，可惜啦。

拉：而不是在讨论和画有关系的事儿。

丹：这是个普遍心态。有个名人说到有点争议的一个电影。她说："据说国际上给予好评。"我就觉得很奇怪，你先说这电影，你怎么看，管"国际上好评"干什么？"国际上"要是没有"好评"呢？怎么办？

拉：就是。

丹：因为其实她自己没有看法。

拉：在欧洲也是，有很多人看报纸的艺术评论，不去看原作。

丹：这就是公众。

拉：所以大家现在怎么快怎么好："噢，我听说这个"，媒介怎么说变得特别重要。

丹：消费文化，再加上过去的意识形态文化，过去是听"中央"，现在看听媒体。音乐会也是这样的，出你一张唱片，附几个乐评人的讲话。乐评的报纸越权威，就越有效果。

拉：现在文化也是商品之一嘛。

丹：我最近看了两本音乐书，上海文艺出版社出的。一个是切里毕塔克，这个人拒绝录音，拒绝制作唱片，快到死了，有点妥协，因为他的东西已经盗版在外。还看了《鲁宾斯坦回忆录》，非常感动。二次大战以前，整个欧洲文化生活的品质比后来高多了，丰富多了，那时候的人就是吵架、争论，也都有鉴赏力、有眼光，而且真挚。你的东西真的好，就服你，承认你。他讲到好几次有趣的经历，到西班牙、到墨西哥，观众不服他，在台底下"嘘"他，等他一个乐章弹开，马上就在下面叹气、叫好、拥抱他。

拉：见真功夫。

丹：在世界范围，听众、读者，水准都在降，这可能是最沮丧的。

拉：探讨音乐意义的和真正研究音乐、音响的人在哪儿都有限。在国外也没多少人。

丹：还是文化人口多。

拉：但是呢，音乐家在哪儿都还是面临着音乐怎么卖，怎么能活下去的问题。流行音乐势力太大了，排挤了别的音乐市场。现在一般老百姓以为音乐就是娱乐，很轻松的东西。

丹：咱们学校的艺术本科生到清华去洗澡，就给理工科的学生撺出来，"你们什么分数进来的？"然后呢？等到学生会搞联欢，就拉美术学院女生跳舞，女生害羞，他就说："你们不就是搞这

个的吗？"

拉：怎么这么孙子啊！

丹：理工科猖狂啊！工艺和清华合并后，学生中就发生学科歧视、分数歧视。

拉：以前艺术学院的学生不搭理理工科，是不是？

丹：过去艺术学生看不起理工科，看不起高考分。那是80年代的风气了，连理工科学生都会买本尼采、萨特的书搁着，凑热闹。

音乐特别没用

拉：其实音乐家和数学家差不多可以是同行，因为音程都是数字化的关系，音响属于物理学的，每一个音符的平方根都不一样。音乐家和建筑家也是同行，音乐的构造和盖房子差不多。但是数学和建筑都那么有用，惟独音乐特别没用。古代的音乐是祭祀才有用，现在的音乐不应该再是宣传工具了，应该是个性的体现，谁需要那么多的个性体现？

丹：还是回到本行。我们可能面临一个问题，你作曲，我画画，谁都逃不了的问题，就是音乐、绘画如果真有规律，那么，这规律被挖掘尽了，能够被艺术家表达的一些元素、资源用完了，所以原创咱们今天就别提了。能加进一点点个人的、新的符号进去，变得非常困难，越来越困难了。

拉：我想所谓个人的一点点符号，就是一大堆外来符号在一个特定的人身上的总和。比如我看见一片空白，然后突然听到声音，我所听到的声音不全是我个人的符号，它只不过是一种信息飞快地打到我脑子里。这个信息不知道从哪来，但很快在我脑子里面站住了。这个信息再出来时，就变成所谓我个人的符号。个人信息是个人审美的选择。这一堆音符在我选择之后，变成一个曲子。你听到了，觉得它怎么这么强的

个人信息呀？但其实只不过像我挑衣服似的：那个头巾、这个袜子搁在一起，可能我挑的东西是歪的、斜的，出来以后，别人会说："有个性。"那么，如果你的选择保守，别人一听，可能又会说："没个性。"但其实无所谓，无论你是传统的，还是非传统的，发出来的都是个人信息，又都是非个人信息。因为你搜集了它，挑选了它，你是"个人"的，但你选择的那些东西绝对是"非个人"的。

丹：你很难回避你面对的文化，很难回避这个文化的所有"过去"。但只有一个东西没法代替，就是你的感受没法代替，比如说，你，刘索拉的感受，别人没法替代。

拉：这就是个人信息。你说："操他妈，这女人走过来了。"我可能说："操！这儿真他妈的乱。"我们用不同的个人信息表达对这个环境的感觉。但你的"操他妈"不是你的，我的"这儿真他妈的乱"也不是我的，这都是小时候咱们这么积累的。又比如你的画儿，你把临摹出来的几张完全不同的画，搁在一块儿，个人信息马上特别强地出来了，因为只有你才能挑出来这么几张画，用这种方式给搁在一块儿。

丹：这是我的感受——我看到这张画，忽然，没来由地，我想起另一张画，于是搁在一块儿。我自己也不知道怎么会有这联想，但联想自己会来，到我心目中来。

拉：能看出你有非常强的感受才要给它们搁在一块儿。我觉得是有很强的个人信息的，不是像人家评你的画所说的："怎么没有个人性？完全是模仿。"

丹：他们是这么说的，他们只看到我在模仿，没看到我的选择，没看到我在"看"。

拉：你感受完了又跳出来，变成旁观者。

丹：你作音乐能这样吗？

拉：作音乐一定要先有非常强的对一种声音的渴望

和感受，去寻找它们，然后让它们在一起，变成你自己的声音。比如说我现在坐在这儿，给你一个乐句，但是什么叫原创乐句？

丹：嗯，说下去。

拉：如果用"卜拉卜拉"做一个动机，再拿来一个"邦邦邦"接上。这个"卜拉卜拉"是以前存在过的，后面的"邦邦邦"也不是新东西，只不过我把"卜拉卜拉"和"邦邦邦"放在了一起，就变成了我的"原创"乐句"卜拉卜拉邦邦邦"。所以说没有什么东西是原创的，但是在我演唱的时候，或者是在我把这个句子写成一个作品时，它就会带着更多的我的个人信号发出来，变成"卜拉卜拉邦邦邦，邦邦卜拉卜拉邦邦邦，卜拉邦邦卜拉邦卜拉拉拉拉拉拉"等等。所以这个不是原创，又是原创，是不是？

丹：我明白你的意思。

拉：原创就是非原创，非原创就是原创。如果我把这个台灯装在我的书包里点亮，这就成了我的"装置"原创。但是书包和台灯早就在这儿，只不过是它们跑到一块儿去了。

嘀哩噜嘟嘀哩噜嘟——哐哐哐

丹：创作中的所谓"个人性"可能越来越突出。过去出个天才，他一个人就会有巨大的团块感，辐射度很强，影响一片，如印象派老大马奈，后印象派老大塞尚，今天情形不一样了。艺术史上顶要紧的几个大领域，大的可能性，都摆满了，都发掘过了。现在只能靠每个人拿一点点东西，添进去。毕加索说，塞尚、凡·高之后，我们每个人自己必须是个太阳，自己照亮自己。而希腊人一直到19世纪，始终在一个大规则里玩（大意如此）。现代艺术重新组合个人，这些组合可以说是属于你的，也可以说是属于我的，但不再可能像传统那样，有团块，有辐射性，在大的面积，在历史的前后左右发生影响，这种情况不可能了。

拉：贝多芬那个时代，讲究他那个"咣咣咣"命运敲门之类的声音。我不知道这是他自己说的，还是后人说的。大家把这个声音解释为"人文精神"。我们喜欢引用贝多芬说的"贝多芬只有一个"之

多芬，"艺术家"这个概念，"我"这个概念，开始树立。

拉：巴赫所有的音乐都是为神而作。贝多芬的时代是一个强调人文和个性的时代，同样的分解和弦，在莫扎特时代就是一个分解和弦，到了贝多芬时代，评论家就恨不能解释成命运狂涛，

陈丹青《荷尔拜因、芬奇与柯罗》　1999年

类的话，但是莫扎特的时代不会强调个人的命运之声。

丹：那时候这个概念还没有出现。那时强调音乐，不强调个人，强调作品，不强调作者——更早的艺术，作者根本不签名，不在乎名份——到贝

浪漫得一塌糊涂。"文革"时我们的音乐都是为工农兵服务的，所以特别爱听贝多芬及后来那些浪漫的个人化的音乐，因为在"文革"时个人化被压抑了，但是后来倒觉得古代音乐更妙，那种宁静其实更疯狂。

丹：事物的命名总是比事物晚。比如今天许许多多绘画专业术语，什么体积、块面、中间调子、色温、色相等等等等，都是很晚近的说法，可是所有这些，画家很早就在做，古代许多画家根本不识字，你要是拿今天音乐学院的一套词令去和贝多芬谈，他一半听不懂。他根本不解释，华格纳去看他，他就说，以后你痛苦了，会想起我来。他才不解释。贝多芬伟大，去年秋天，我特意到波恩看他老家去了。

拉：对于在欧洲搞音乐的人来说，贝多芬是一个毁灭音乐的符号。

丹：他太强大了。

拉：从他那儿毁灭了音乐。

丹：他挥霍掉了。你说欧洲人骂他，欧洲人还有个说法，叫做"弑父情结"，后代总要骂倒前代，贝多芬巨大，拦着，谁也绕不过他，只好叫骂，在西方，所有先贤都有人叫骂，写书骂，还拿回几年的博士经费，然后成为教授，吃一辈子。

拉：因为音乐从贝多芬那儿开始说废话了。

丹：我操！你就这么说贝多芬！？你混蛋！

拉：这不是我的"原创"，是西方音乐界一个普遍的审美吧。我想这是西方的人文精神极度发达后的结果。西方的人文道路不仅经历了贝多芬、华格纳式的浪漫，还经历了勋伯格、约翰凯奇等各个不同时期和流派的人文思想，当人们的创作思维可以完全不受拘束地发展之后，会更加赞赏古典音乐的纯净，这同文学是一样的。

丹：西方已经占有贝多芬，贝多芬是回避不了的，所以他们可以叫嚣，反传统，达达派还叫嚣烧毁所有美术馆呢。还是昆德拉讲得好，他说：音乐传统分上半时和下半时，所谓下半时，就是指从贝多芬到20世纪初的传统；上半时，上溯到巴赫以前的音乐。这说法很准确——可是昆德拉自己就非常喜欢贝多芬，非常懂贝多芬——到20世纪，绘画、音乐，都在上半时传

统里找原理，找可能性。毕加索的非洲时期、新古典时期，都是要越过18、19世纪的传统，斯特拉文斯基也干一样的事情。

拉：18、19世纪的传统应该超越，它不过是古代传统的夸张，把古代传统中被控制的情绪都宣泄出来而已，但是并没有真正打破传统。在音乐上真正打破传统的是勋伯格，完全打破了传统音乐美学，但是他的音乐具有非常高度的人文思想。

丹：各有各的一套，各个时期有各个时期的一套，你不能单独拎出一套说法去折腾另一套，艺术不能彼此取代。卓别林说，难道凡·高出来了，伦勃朗就过时了吗？

拉：我以前特别喜欢弹贝多芬奏鸣曲里那些最显示钢琴技术的"扑拉扑拉扑拉——哐哐哐"，飞快地分解和弦和使劲地砸和声。后来发现他在审美上特别啰唆，叹口气要叹几分钟。

丹：你们都爱说"审美"！什么审美！贝多芬，多么伟大的啰唆。

拉：就是感觉啰唆。

丹：你他妈才啰唆！

拉：我不知道在油画上比是什么感觉，是一种什么油画，好像大刷子拼命往上抡的东西？

丹：你以为"大刷子往上抡"就是浪漫主义吗？浪漫主义绘画很严格的，就是凡·高的画，画得才细心呢，绣花似地，不能乱来的，一乱，一幅画就砸了。绘画上不容易找到音乐的对应。绘画革命通常比音乐早一步，甚至早两百年。贝多芬的英雄式的规模、气势、夸张，稍许可以比拟15、16世纪的巴罗克绘画，平行地比浪漫主义时期，很难对应，浪漫主义在绘画上的时期不太长，代表人物是藉里柯、德拉克洛瓦，但他俩有异国情调，和贝多芬的宏大不能比。

拉：我喜欢德拉克洛瓦！

丹：藉里柯更棒，可惜死得太早。我去看了，在卢

佛宫，非常正派，非常正派。

拉：我也喜欢藉里柯，小时候看他的东西觉得他很怪，在伦敦看罗丹的展览才发现罗丹很有贝多芬的情绪。

丹：罗丹哪里能和贝多芬比，胡说！

拉：罗丹那些泥巴的形象我不能忍受，太做作了。至少是浪漫派的真传，英雄加美女。

丹：贝多芬毫不做作。贝多芬太强大了，他把一些领域给灭掉了。绘画上只有米开琪罗可以和他并列：力量，痛苦，大悲大怒，君临众生。他俩相差三百多年。

拉：米开朗琪罗是神性的力量，贝多芬是人性的力量，不能比。米开朗琪罗更强大和更平静，他的英雄都是神不是人。而贝多芬的"献给爱丽斯"，是理查德·克莱德曼的前身吧？

丹：他偶尔写多情细腻的作品，很好啊，我喜欢，那是英雄发嗲，发嗲也是英雄啊！

拉：当然他很伟大。他晚期写的《欢乐颂》，充满神力。但是我们弹贝多芬的早期奏鸣曲时，那些没完没了的七和弦，没完没了，听《悲怆》！就是典型的罗丹嘛。你能感觉到每一个和声都是罗丹的人物在皱一下眉头和抖一下肌肉。当然谁都是这么过来的。

丹："悲怆"是老柴，朗格说老柴是"泪汪汪的伤感主义"，贝多芬是发脾气，他顶讨厌柴。肖邦讲过的，肖邦说《命运交响曲》头几个旋律，那叫音乐吗？那是针对肖邦自己的，怎么说呢？"审美"？！不能比。罗丹那叫做"矫情"，贝多芬是"发作"，不能比。罗丹的什么《思想者》，什么《吻》之类，给民国初年的中国人看看，正好吃进。我一位小时候玩耍的同学说得好：咦！罗丹的思想者像坐在马桶上！说得多像啊！

拉：我们在上学的时候只是学了音乐史，流派，没有挑剔地全接受。我现在也不是要排斥浪漫主义，而是物极必反的心理，觉得有必要弄清楚。

我们上学的时候就是因为被那些"暴风骤雨似的弦乐铺天盖地地卷来、带来"什么"曙光"之类的评论给毒害得不会控制音乐风格。

丹：这不是贝多芬的错，这是我们的问题。

拉：我们的问题也不是我们的"原创"，是进口的，是从贝多芬时候开始的所谓个人英雄主义、资本主义时期的个性解放。

丹：资本主义上升时期"资本主义的青春痘"。

单独面对 面对单独

拉：再说两句就放你走吧，你看上去累了。你还有什么最主要的，再说两句。

丹：我只能说我回来以后的状态。回来两年没怎么画画了。我不急，可是写作太多了，不好。

拉：你不是说要想拿笔吗？感觉要写吗？

丹：是，因为我要写的东西没法子搁在画里。还有，我可能在美国画得太多了。

拉：你该歇歇了。我觉得你这段写作特别好，是一个思考的过程。

丹：不是思考，是释放，存太多感受，画里面放不进去。我们都是总要讲话的人。

拉：没办法。

丹：我们都要尊重规律：有些东西不能画，不能往音乐里放，但你得慢慢地把这些东西清理掉。一个绘画发言的时代完全过去了，向少数人发言的时代也过了，不知道"少数人"在哪里，但我又不愿意把写作和画画完全变成自娱。就像你的音乐，其实你创作音乐还是假定有很多人听。

拉：我刚才就想问你这个问题。我现在回来一段时间，也有一年没写新音乐了。

丹：但我上次听你用鼓伴奏，在量感上扩大了很多。你在纽约很单纯：一架钢琴，或者一个萨克斯风，一个琵琶，加上你的人声。可这次有了乐队和鼓，性质好像变掉了。

拉：我在纽约的乐队有时候也合起来作。你正好没赶上，但是效果和国内的乐队完全不同。2000年以前，我在纽约这十年探索的东西对我来说是一个阶段。我现在歇了一年，今年只写了一个小室内乐作品，现在正再写一个。

丹：你写过一个很好的，我跟小宁到林肯中心去听了，很有灵气。

拉：他们让我再写一个室内乐作品，然后又给日本写了一个剧场用的作品。我今年写东西特别少。明年要大批写东西，我感觉已经跟那一段时间有距离了。你说你写东西，我也觉得今年写文字的东西多了。对我来说，能拉开距离看以前写的东西了。

丹：很好。陌生化，要对自己不断地陌生。

拉：拉开距离以后明年开始创作时，我的音乐要变了。以前的那一个阶段非常个人化，后头的东西会更旁观。我在变。我就想问你，你觉得再开始动笔时，你会不会变？

丹：我可能跟你相反。有篇评论，我觉得写得蛮好，写我的画，很委婉地否定我，他说，我出国前代表了很多人想做的事，但出国以后我就离开集体，单独面对自己的问题。他这句话讲得准确，"单独面对"，你在纽约也一样。

拉：我在纽约解决自己的问题。

丹：现在我回来，发现混在同样的环境，有一种东西又跟过去开始慢慢连接起来。

拉：有根了？

丹：纽约也是我们的"根"呀。你能想像我们没有那里的一大段生活吗？我反而是在美国找到中国艺术的"根"，但我不愿意用"根"这个词，"根"是意识形态词，我倒发现在中国的很多艺术家失去了"根"，一心追求假想的西方文化。

拉：叫"生活习惯"行吗？

丹：也不是生活习惯。在纽约，对我们自己来说是一个断层，一个自我断层，是我要断的。回来以后，这个断层似乎会跟过去有点粘连，所以我可能会相反，会慢慢离开旁观的状态，如果我再画，我可能会回到——我不知道——把自己放回过去这么一个状态，会增加热度。在纽约，我做的事情是降温、降温。

拉：我正好和你相反。我现在要的正是降温。

丹：你刚才的意思，我听下来了就是这样，比较冷静，你是你，作品是作品。在纽约的时候，你是真在呐喊，往外掏，往外掏。

拉：我把命都快搭进去了。

丹：我在纽约反而很冷静，总是退开，退开，看印刷品，看美术史，看当代艺术，一直近距离旁观。但到中国以后我发现情况会改变。我在纽约画的是二手的东西。我可能又要画一手的了。

拉：那是不是因为你个性里头喜欢代表人？

丹：我代表谁？

拉：你在纽约的时候，不能代表那里，但像别人说的，以前你在国内代表一大批中国画家。

丹：那是别人这么说，你管不住别人怎么说你。那时候，大家都在期待一种东西出来。

拉：对，你就出来了。

丹：据说我出来了。

拉：对你来说，是不是挺喜欢这种感觉的？

丹：我喜欢单独面对自己的那种感觉。出国前我也单独面对那时的问题呀，那会儿美术创作整个儿教条，都那样画，我不干。到了纽约还是老脾气，美国艺术家那样做，我也不干。我不可能代表别人。如果是那样的话，我近阶段的作品就不会难以被认同。你说，我代表谁？

拉：现在你回来了，感觉有一种东西又联上了？

丹：联上的是我自己的青年时代。

拉：你与过去联上了，所以你的画不会那么旁观了，会更个人化了？

丹：我说的不是"个人化"，我说的是"单独"。

拉：在纽约你是客人，在这儿你是主人。

丹：在这儿我也是客人呀！人家会想，这家伙从美国回来。我甚至是我自己的客人。

拉：但是相对来说是主人。这是你的地方。甭管你是怎么回事，你有这么多学生，很多年轻画家，到现在他们都记得你原来的画，都崇拜你。在这种主人的状况下，是不是你感觉个人的声音就好像有个支持，我也不知道怎么说。

丹：我可不愿做别人期望的那个人，要做自己的主人。但什么是"主人"的意思呢？我请客，买单，那叫主人，还有我房间的钥匙在我口袋里，我是主人。是啊，人回来了，于是大家都来——中国文化有个优良传统，就是"劝"。西方文化没

这个东西，在这儿，我总得听劝：你要这样，你别那样，诚恳得不得了。我愿意接受各种意见，骂我也痛快，但我不太听"劝"，"劝"本身黏糊糊的，劝的人声音都会变，好像只有他对你最好，你不听劝，可就是对你自个儿不好似的。

拉：不是说支持，不是说劝，是一种东西烘托着你。

丹：没有"烘托"，是要用我。人不免给人用用吧，写个文章，出席个什么场合。杜尚说，你做的很多事有时是出于礼貌，是为了让别人高兴。我不感觉被"烘托"，倒是大家都很友善。

拉：甭管是什么吧，你觉得以后"个人"的东西会再出来吗？

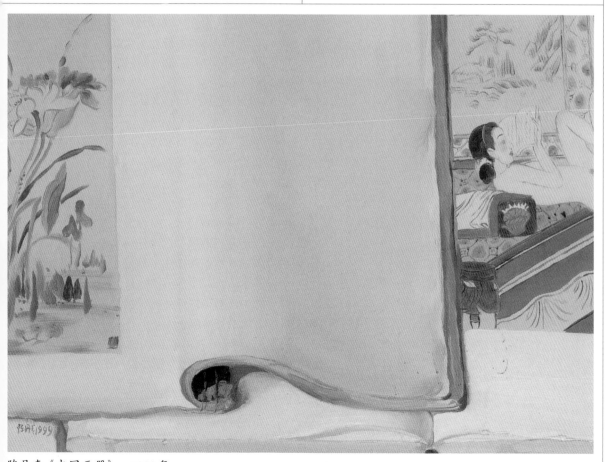

陈丹青《中国画册》　1999年

丹：这可能是一个愿望，不一定真实。我想，回来，其实是满足了怀旧的愿望，我跟记忆中的东西又接上了，记忆又变成眼前的东西：北京的天空，树开始发芽，哪个楼道的转弯，都不再是记忆，都在眼前了。但是这玩意儿会在我的画上他妈的怎么体现出来？我想来想去，反正跟在纽约会不一样。

拉：你一直是这么旁观的一个人，这么冷静，然后突然。

丹：然后呢，在这个过程中，纽约那部分也会自觉不自觉地带进来。但是我不知道那是什么东西，你看，我好像又在旁观自己，看看这个家伙回来后会怎么样。俄国人有篇小说，作者书名都忘了，主角是这么个人，他每做一件事，就用旁人的目光和语气把自己默诵一遍。天哪，我可别那样。

拉：挺好玩儿的，我回来待的时间还不长，所以还有一种距离。原来我特别投入地在纽约做事情，现在拉远了，对纽约也有距离了。我变成在哪儿都有距离的人了，在全世界旁观，我现在就是这样一个感觉。再说过去我在国内也不代表主流。

丹：这种情况还会让你变成什么样子呢？

拉：我不知道，也许这样我的音乐会更好听，要不然太个人就不好听了。

丹：你觉得你以前的东西不好听吗？

拉：我以前的东西对某些人可能特别震撼，让人受到刺激，但是不好听。有这个阶段。

丹：我觉得你不会改变，声音一出来，还是你！

拉：是因为我太在里面了，自己的感情都住在里头，不好听。

丹：太"贝多芬"了？！

拉：比贝多芬还他妈的······反正不好听就是了。太刺激，有些耸人听闻，太个人化了。这可能跟纽约的环境有关系。

丹：只剩下自己了。

拉：在纽约的音乐界就这个感觉。走上台，看啊，哥们儿给你们抢一把——就这感觉，特别个人，我想拉开一些距离。

丹：我猜，你对自己那些年的作品，现在可以从听众的身份去听，不是以作者的身份去听。

拉：对，对！

丹：我在纽约画这些画的时候，我自以为兼任观众和作者，而且观众的成分很大，我自己是个观者，然后委托我去看自己的作品。

拉：那好呀！

丹：但是回来以后，可能我不一定会变成观者了，咱们得换个说法。

拉：那我觉得挺遗憾的。我觉得旁观者的感觉更酷，一个艺术家本身又在里头又在外头。以前我太在里边，特别不酷，所以我特别羡慕刘丹，我那种不叫酷，那叫狂。你在纽约那时也酷，我那时叫狂。

丹：是挺狂的。

拉：太狂了，但是不酷。

丹：哈哈哈！什么都想要，狂也要，酷也要。

拉：酷多棒呀。

丹：人的性格不会变，口音也不会变。你有你的口音，很强的口音。一表态，一发出声音，你的口音就出来了，这没什么不好。

拉：但我觉得要跳出去，搞艺术一定要有旁观者的感觉。我骂了半天贝多芬，我自己就是贝多芬那种拧麻花似的人性，特别不酷，没劲。也许太浪漫了，就一个劲儿骂贝多芬。

丹：闹了半天，你就是"贝多芬"，他妈的！

拉：闹了半天，我是太受浪漫派的影响，太中毒了，太贝多芬精神了。

丹：不，我爱贝多芬，我听来听去，还是爱他。我要去找他。

拉：其实说了半天，我特别反对浪漫，就是因为我本身太浪漫。我有点极端，真的！老是在骂浪漫主义，骨子里又太浪漫了。一处理事情就……

丹：好，说实话了。

拉：所以我推崇冷静和客观，因为我做不到。

丹：我没有你想的那么冷静，我也是急性子，我不愿意丧失这性子。热情还是重要，艺术毕竟是浪漫的。我很相信木心先生讲的话，他说："所有艺术都是浪漫的。"你看佛教，最高境界不着痕迹。不创作，不留痕迹——你创作，你就得热情，就有痕迹，所有艺术家都是热情家。绝对是这样。

拉：但我们要追求的是高度的逻辑性和高度的激情统一起来。我不是否认热情，但要知道进得去，出得来，热了再冷。不能老在里头热，老在里头热就没了头绪。这是女人的毛病，一热就瘫了，跟处理感情一样。男人相对来说能进能出。我就容易犯女人毛病，所以要矫正。

丹：可是你还要骂贝多芬！昨天我间接得到一个电话，我在上海办了展览以后，插队的老哥们想找到我，我俩一个幼儿园，一个小学，一块儿插队，赤膊坐在蚊帐里。他现在在上海一所大楼做门卫，上有老下有小，长得很好看的一个人。我希望我的东西有点热度，太冷了，这其实违背我的性格，我不是这样子的。还是要有点傻逼，画画不能太聪明，创作是个愚蠢的过程。

拉：聪明和愚蠢都得要。

丹：我在美国的画有点太聪明了，不好！

拉：我对你和刘丹都特别羡慕，就是因为你们俩特别聪明。

丹：我为什么回来办这个展览？我想自己看看从小到大画的东西。看到后来，现在的东西，熟了，有智慧了，沉静下来，但是动人的还是小时候画的画，十几岁，什么都不知道，画得真用心。什么时候有空我给你看那些画，你们一起来。我

也像你一样偏激：他们说西藏组画好，我偏不认，可慢慢这些画不声不响说服了我：算啦，别跟自己别扭，那时画得蛮好的。哎，那是青春，回不去了，心里还和当年一样，我得试试。

拉：我明白你的感觉。

丹：就像我一直喜欢你的《蓝天绿海》，歌剧、小说，都很好。那里有一种东西我们都回不去了，就是青春期，金不换。

拉：阿克巴说："你以前旋律那么好，怎么不要那些旋律了，为什么后来根本不唱旋律了？"

丹：而且这些旋律对你不费力呀，不知怎么就出来了，你只闪现一次，就是那次室内乐，我和小宁都很惊讶，因为那天有好几个室内乐，其他那些比你的规整，但缺少你的灵动、才气。对你来说，好比是你从那一段唱歌之外，随手又弄个别的玩意儿，结果倒很好。你换了个方式，用了个偏门。毕加索说："真正属于你的才华，一辈子不会丢的。"我希望他说的是真的。

拉：我觉得是的。而且，甭管什么弯路直路的，反正你要经过好多路。

丹：在纽约我有点太疏远了自己了，这不好，我想慢慢跟自己的过去妥协。

拉：我可能也需要和过去妥协。

丹：不知道能不能做到。我就怕讲的都是愿望，一旦动手画起来，纽约那股冷劲儿又上来了，是不是啊？

拉：也不知道我以后还是不是一个大疯子。

丹：是啊，写作的时候那种聪明的东西会上来。画画时，我觉得聪明、智力的东西很好，但画画还是要冲动、盲目。

拉：睁一眼闭一眼。

丹：可是你已经"知道"，再要去"不知道"很难的。所以我想最好还是能够慢慢返璞归真。这要很自然，不能强求。

拉：所有的过程都是必然的。

丹：所以我等着慢慢老下去，老有老的好处，老到慢慢再回到一个真实的状态。在纽约多少有点不真实。是那个环境逼我画出那样的画来，到处都是绝缘体，现代艺术、古典艺术，最后逼出这么个自圆其说的状况。但以前画画不是这样，以前画画倒像你唱歌一样，张开嘴，"哇"地就唱出来了。

拉：以前我倒是不能"哇"地唱出来，得打通周身的穴位，一个人的穴位太多了，且打呢。

丹：要去做。

拉：太好了，等着看你的新画。

丹：说到后来倒有点说出东西了。

拉：刚进入主题。

丹：瞎摸。我想：我和你，还有上海的王安忆，我们都弄了二十几年创作，最后发现我们还是非常傻逼，不能不创作，还是会在乎创作的"性功能"还在不在？我操。

拉：这个永远不会没有的，只不过大家会有各种各样的经验，各种各样的变化。

丹：你一直很热情。

拉：我他妈的太热情，老捉摸我的声音怎么能追过我自己。现在又琢磨写的谱子怎么能追上我的声音。

丹：这我倒是第一次听你这样说：对没有声音越来越感兴趣，对有声音没以前那么热衷了？

拉：我现在喜欢写谱子让别人去演奏。

丹：你最近的一次演奏会什么时候？将要来的那一场。

拉：将要来的是 12 月份在日本，演唱。

丹：因为我 1994 年认识你以来，算是一路跟踪听到你主要的曲子和演出。

拉：所有在纽约的录像都是你做的。

丹：你也算是我画画的见证人，蛮密集的见证，在纽约，一个刘丹，一个你，但是正好到 2000 年是个缺口，我们相互都改变方位了。

拉：我喜欢《纽约琐记》这本书，我感觉特别老实，老实地旁观，真的，这样老实地说出来，很多人不敢。

丹：那否则怎么说呢？有个读者给我来信说："你在说你自己的时候，可能是唯一不设防的人。"我在想他说的意思。

拉：很多人不敢说到我们出国以后的生活。

丹：干吗要设防呢？防什么呢？那么意思就是说，有人说话是设防的，是不是？

拉：你这人特别不设防。这录音带我整理后给你修改吧。

丹：可以呀，变成文字后它又是另外一个东西了。

拉：你自己审查。

丹：你给我一个软盘吧。

拉：好，那我就关了，咱们歇了。

〈完〉

2001 年底录音，林丽娜根据录音整理，陈丹青修改，刘索拉定稿。

陈丹青
《维纳斯协
奏曲》
1997 年

图书在版编目（CIP）数据

语音画／刘索拉著.—南宁：广西美术出版社，
2002.12

（鸢尾花图文书丛）

ISBN 7-80674-276-X

Ⅰ.语...　Ⅱ.刘...　Ⅲ.散文—作品集—中国—当
代　Ⅳ.I267

中国版本图书馆 CIP 数据核字(2002)第 095889 号

图书策划／苏　旅

责任编辑／苏　旅　黄　玲

装帧设计／胡　马

责任校对／尚永红　刘燕萍　黄　玲

责任印刷／吴纪恒　凌庆国

鸢尾花图文书丛

语·音·画

编著／刘索拉

终审／黄宗湖

出版人／伍先华

出版发行／广西美术出版社

中国广西·南宁市望园路9号

邮编：530022

市场部电话：0771-5701356　5701357

传真：0771-5701355

经销／全国各地书店

印刷／精一印刷（深圳）有限公司

开本／889×1194　1/24

印张／5.5

2003年1月第一版第一次印刷

书号／ISBN 7-80674-276-X/I·5

定价／30.00元